十四天

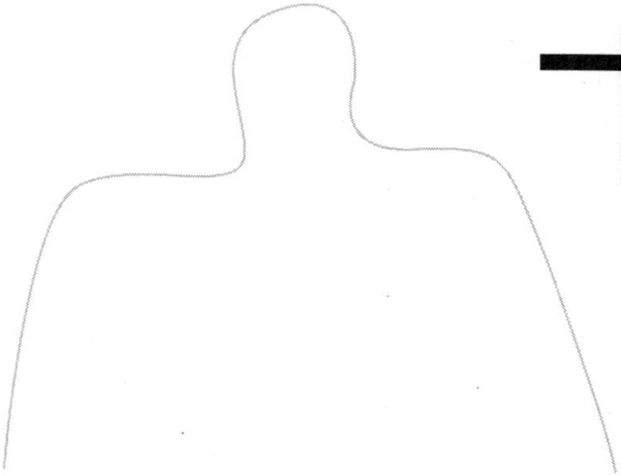

姚鄂梅——著

北 京 出 版 集 团
北京十月文艺出版社

图书在版编目（CIP）数据

十四天 / 姚鄂梅著. -- 北京 : 北京十月文艺出版社，2022. 2

ISBN 978-7-5302-2183-9

Ⅰ. ①十… Ⅱ. ①姚… Ⅲ. ①长篇小说—中国—当代 Ⅳ. ① I247.5

中国版本图书馆 CIP 数据核字（2021）第 166545 号

十四天
SHISI TIAN
姚鄂梅 著

出 版 北京出版集团
北京十月文艺出版社
地 址 北京北三环中路 6 号
邮 编 100120
网 址 www.bph.com.cn
发 行 新经典发行有限公司
电话（010）68423599
经 销 新华书店
印 刷 河北鹏润印刷有限公司
版 次 2022 年 2 月第 1 版
2022 年 2 月第 1 次印刷
开 本 880 毫米 ×1230 毫米 1/32
印 张 6.75
字 数 136 千字
书 号 ISBN 978-7-5302-2183-9
定 价 38.00 元
质量监督电话 010-58572393
如有印装质量问题，由本社负责调换。

旨酒欣欣，燔炙芬芬。公尸燕饮，无有后艰。

——《诗经·大雅·凫鹥》

目　录

引子

已经没人知道这一带叫十里铺了，城里人把这里叫作加油站那边，穿城而过的复兴大道在这里走向尾声，再往前走五百米就是三一八国道。仅仅六年前，这里还有大片大片的农田，现在已经完全看不到庄稼地的痕迹，除了公路边越来越小的南风堰，以及偶尔几块过家家似的小菜园，还能依稀唤起一些人的农业记忆之外，十里铺正在演变为一片自建房区域。因为缺少规划，一栋接一栋雨后春笋般冒出来的小楼房，凭着粗浅的风水常识，整齐划一地望向国道方向，近看才知道，其实每一栋的朝向都有着小小的差异，像操场上站着一大堆人，因为主席台上还空着，人就站得松松垮垮，不够端正。

刘玉成的房子落成于去年，已经不算最新，不远处又有一栋已完成了主体结构，只待安装门窗。每天早上，向这栋耗时九个月、抢在退休前盖起来的三层小楼行注目礼，替代了刘玉成听早间新闻的习惯。他已退休，养老的安乐窝已经造好，三个孩子都已成家立业，什么新闻都跟他不相干了。唯一的烦恼就是房子太大，打扫起来有点费事，加上两边的附属屋，得有七八百平方米，并没花太多钱，起码没有借贷，主要是地皮没花钱，秀枝的户口还在这里，幸亏当年没有跟风给她办“农转非”，老老实实当他的“半边户”。想想看，农转非三万多（八十年代的三万），如今的地皮费三十八九万，就因为他一个正确的决定，竟然全都省了，一分钱都不用出！有一次，市政部门航拍了一张照片，他竟然在那张照片上找到了自己的家，白色的墙面，蓝色琉璃瓦，清晰得如同特写，激动得眼泪都掉下来了。他把这栋蓝白小楼看成是生活颁给他的终身成就奖。

离过年还有四五十天，他已动手准备起来。酒肉饭食是重中之重。上周末，刘玉成就把他最喜欢的汾酒拖回来了，只要家里办大事，桌上必有汾酒。清江大曲口感也不错，差在名气，只适合寻常家宴。肉是重头戏，准备也更早，年初就在一个亲戚家预订了一头猪，亲戚代他养，不吃配合饲料，只吃粮食和草料，杀猪那天，他去了现场，好家伙，毛重两百多斤，这可是真正的有机猪肉。光有猪肉还不够，又零零星星买了一只羊、小半头牛、四只兔子、五只鸡、五只鸭、十二条鱼，光是腌肉的塑料大盆就买了一十八个，又从锯木厂买回一百斤锯末，十多天后，他把所有的腌肉从盆里捞起来，一块一块挂到吊钩上，长长短短的肉条塞满了整个熏肉间，一进门，就像闯入一片密不透风的肉的森林，屋顶上日夜冒着薄薄的白烟，那些肉条正在拼命吸收花椒盐水和锯末闷燃的树脂香味。然后他坐下来，粗壮的手指飞快地点着手机。他刚刚学会了制作电子请柬，之前都是电话邀约。女儿一家，大儿子一家，小儿子虽然离家近，每周都可见面，但是也很正式地下了请柬。为了显得隆重，也是担心秀枝一个人忙不过来，又专门邀请了内侄女小马一家，小马是焗长，专门给办红白喜事的人家做家宴，年纪轻轻已是当地有名的马师傅。本来只需请小马一个，但小马家在邻县，无法当天来回，索性请了小马一家，不能让人家大过年的没法团圆。小马的微信头像是她们母女俩的艺术照，这头像让他心头沉甸甸的，小马去年离了婚，他还答应帮她找对象呢，做焗长把她的心也做硬了，非要离，不就是抓了一次包吗？哪个男人一辈子就老婆一个女人，那家伙也是，干吗非把人带到家里来，外面哪里不能来那么几下？

秀枝负责内务，楼上楼下的床上用品已经退过两次货了，第一次她觉得东西含棉度不高，第二次，她说织得不够紧实，质量差。最终她决定还是去实体店，亲手摸过的才靠谱。这方面子夏要求高，她从小皮肤就容易过敏，尼龙化纤类的东西不能沾身。子夏这孩子，生就一副折腾的命，不折腾不舒服。明明她运气好，考到了南京的大学，毕业后又在南京找到了工作，蛮好安安生生过日子，偏偏没过几年要去支援非洲，这一去不是把家庭荒了吗？说是一切都交给了婆家，但你毕竟是个女人，历来只有男人才会把家小放在一边。

大儿子子建拖到今年夏天才结婚，这个只会读书的老实坨，一直都是刘玉成两口子的心病，不是操心他读书，恰恰相反，他读书从来不让人操心，只要是读书以外的事，没有一件不让人操心的。他初中的时候，老师想让他当班干部，争取年终写评语时给他写得好看点，无奈在投票环节出了个大洋相，全班除了他的同桌，碍于面子投了他一票之外，没一个人投他。老师说，那你就当小组长吧。小组长可以由老师任命。结果他不是收不齐作业，就是把同学的作业本弄丢了。高中三年是他过得最愉快的三年，那里自始至终笼罩着备战高考的紧张氛围，每个人都无暇他顾，原来这才是适合他的小环境，他不由分说爱上了这种被忽略的状态。轻松进入大学后，他也意气风发过一阵，他看上了一个比他高一届的女同学，发现当天就开始写情书，除了第一封，女同学给了个礼貌的回复之外，再没收到过只言片语，但他一点都不气馁，从此专注于写信，一写就是六年，从大学到研究生，从这所大学到那所大学（女同学考上了另一所大学的研究生，他则是本校考研）。直到研三的时候，有一天，他在一家小餐馆偶遇了女同学，兴奋地跑去打招呼，发现旁边一个男人意味深长地望着他，并对他的女同学说：他就是刘子建？他还以为自己小有名气，问男人：你也是我们一个学校的？男人耸耸肩，女同学低声对他说：这是我未婚夫。他有点尴尬，但一股莫名其妙的力量阻止他马上离开，他硬着头皮在女同学旁边坐下来，结果那两个人饭都没吃完，扫兴而去。

那个女同学后来成了刘家的知名人物，虽然他们都不知道她的名字，也没见过她，甚至连她的照片都没见过，但他们都知道，女同学就是子建的初恋，也是子建的灾难，因为她，子建把自己与整个世界隔绝了。

直到后来圆圆出现，才神奇地将他带了出来。据他自己说，圆圆跟她天差地别，但她终究只是个梦。圆圆是经人介绍认识的，武汉本地人，在一家二十几人的小公司上班。这姑娘长得就像她的名字似的，圆头圆脸，普普通通，但待人亲切，还很有上进心。每对新婚夫妇家里都有梳妆台，他们家就没有，却有一个超大的书桌，那是专门为子建准备的。刘玉成因此对她格外有好感，喜欢知识，喜欢读书人，这样的小姑娘总不会有错。

圆圆的爸爸却让刘玉成有种说不清楚的感觉，首先外形上就很不一般，可以称得上魁梧，也可以算得上胖，头发是后梳式，因为发油太多，头发整天保持着梳齿的形状，像刚犁过的地，金项链，大方戒，初见之下，刘玉成觉得这人有点像黑社会，偏偏圆圆的妈妈又是那种苍白瘦弱的身形，而且不爱说话，越发给人一种黑社会仗势欺人强抢了民女的感觉。但另一个细节又让刘玉成目瞪口呆。他们专门去吃小龙虾，圆圆妈妈少女一样矜持地坐着不动，圆圆爸爸戴上手套，将小龙虾一只一只剥好，放进小盘里，差不多攒满一小盘，才挪到圆圆妈妈面前，又把蘸料给她弄好，这才开始吃自己那一份。秀枝后来数落过他好几次：你看人家圆圆爸爸，对老婆多好，连虾都舍不得让她自己剥。

两亲家婚前就见过这一次，第二次见面就是在婚礼上了。圆圆爸爸一改上次黑社会的装扮，穿了身藏青西装，肚子显小了，头发上也没留梳齿印，站在身着白纱的新娘旁边，沉稳厚重，出乎意料的端庄，圆圆妈妈穿了件雪青色旗袍，戴着珍珠项链，温婉如玉。不用照镜子，刘玉成就知道他们两口子输了，他们就穿着普通出客的衣服，坐在一众嘉宾中，犹如沙子坐在尘土之中。那一刻刘玉成认识到，这场跟亲家的无声较量，他不是输在金钱上，也不是输在地位上，他是输在见识上，也可以这么说，表面上，是他输给了亲家，实际上，是宜都输给了武汉。他服气，又不服气，当时他就在想，一定要找个机会扳回这一局，让亲家知道他并非一无是处。

把武汉那边的弄到宜都来过春节，看看他还算殷实的小家，就是他扳回计划的第一步。

婚礼后的家宴上，刘玉成说：我这两年没干别的，就做了一件事，我弄了个房子，三层，七八百个平方米。亲家大惊：哇！土豪啊！什么时候乔迁新居啊？我们一起喝杯喜酒！刘玉成说：乔迁就算了，现在连结婚祝寿都限制规模了。我有个想法，孩子们是第一年，我们亲家也是第一年，不如我们凑在一起过个年吧，过年谁也管不着，正好也免了孩子们两边跑，怎样？亲家笑呵呵地说：我看可以。

刘玉成又说：我还有个打算，反正孩子都不在家，我跟他妈也不用住那么大，明年开春以后，我想请人给我做成个民宿，挂到网上去，能赚一个是一个，将来给孙儿们赚点文具纸张费应该没问题。亲家连连点头，称他是中国好父亲。

好父亲谈不上，反正我跟他妈力争不拖他们的后腿。那，春节的事，我们就这么说定了？

餐桌上又讨论了一番细节，虽是临时起意，却很快就确定下来了。亲家说，我算算，我现在可是六口之家，一大家人哦，你要有个思想准备。刘玉成说，没我多，我加在一起十一口。两人哈哈大笑：十一加六，一十七。一四七，三六九，好吉祥的数字！

三个孩子中，只有小儿子子书离家最近。水电学院毕业后，子书也是有机会去外地的，是秀枝多了一句嘴：都不在身边，长大一个跑一个，早知道还不如让他们都读中专，起码离家近。子书是个性格温和的孩子，听了这话就默默选择了离家最近的变电所。平时住单位宿舍，一到周末，一家三口就会齐刷刷到刘玉成这里来报到，因为孩子小，他们选择住一楼。尽管平时不在，秀枝还是习惯每天都给他们收拾打扫。

所有的请柬都发出去了，刘玉成舒服地伸了伸腰，扩了扩胸，一副跃跃欲试的架势。秀枝始终一脸不放心：这么多年没请过客，就怕招待不周，反而把人家得罪了。

不可能！我房子这么大，一个家庭一层楼，每家都有自己的独立空间，跟住宾馆一样舒服，又比住宾馆亲热，绝对不会出现你担心的那种情况。

圆圆爸爸看上去是个见过大世面的人，真没想到他竟然同意到我们这个小地方来过年。

餐桌上的话不能完全当真的。刘玉成提醒秀枝。

秀枝至今还能用夹生武汉话模仿圆圆爸爸在餐桌上的讲话。那天的菜品里有鱼翅，圆圆爸爸说：我有段时间在海边一个别墅里住了将近一个月，天天过早都是鱼翅，吃得我看到“鱼翅”两个字就脑壳疼。刘玉成两口子不敢开口，他们都是第一次吃鱼翅。谈到过年，圆圆爸爸也有话说。过年就是买买买，有一年，我光是参加抽奖，就抽了两床蚕丝被，一台热油汀，一个微波炉，当然我买的更多，我一口气买了三十多万的东西，东西并不多，就两件皮褛。不知怎么又说到金条，圆圆爸爸仍然有话说。有一年发年终奖，一人一根金条，话说我家早些年穷啊，穷到什么地步呢？穷到他们让我去学杀牛宰羊，我长得壮力气大嘛，学会了可以出去杀牛宰羊赚外快，顺便还可以搞点牛杂羊杂回来改善生活，直到现在我都不爱吃牛杂羊杂，就是那几年吃多了。正因为过过这种日子，所以当我回到家，从口袋里掏出一根金条的时候，我妈差点一口气上不来，她以为我打劫了银行。每次他说完，刘玉成就笑呵呵地呆在那里，眼前这个黝黑粗壮的汉子，他的生活到底是什么样的？怎么说着说着，就像在听故事？他说的那些事情，真的发生在他身上吗？但他有时候又特别诚恳，让刘玉成心生惭愧，他说：世上好东西虽多，只有一样是真正属于你的，那就是你吃下去的东西，比如那个鱼翅，那是我本人一口一口咽下去的，除了它，其他好东西都只是过个手而已，就像那个皮褛，那是老板买的，当然也不是老板穿，而是要拿去送人的。又比如那根金条，后来我们老板犯了事，双规了，判刑了，以前超发滥发的奖金，主要是那根金条，勒令退回，不退回就以侵吞国家财产处理。听到这里，刘玉成就一脸心悦诚服的表情，使劲跟他碰杯，同时心里有了数：圆圆爸爸的确过过奢侈腐化的生活，因为他有这个条件，他给老板开车，后来老板犯了事，他就辞职了，好日子也就结束了。圆圆爸爸说：我跟一个人就跟到底，他坐牢我就辞职，做人要有起码的义气。也就是说，圆圆爸爸现在处于失业状态。不过，刘玉成并不点穿，自始至终，他保持一个欣赏且崇拜的眼神，他把这个眼神作为礼物，送给这个大城市里的亲家。亲家值得拥有这个礼物，因为他将在这个大城市里，代自己照管儿子刘子建。刘玉成心里清楚，离了大人的照管，刘子建几乎是个生活困难户。

附近的小楼盖得越来越多，他觉得谁家的都没有他家的好看，他可是请了设计师的，不像那些人，完全彻底地交给当地的施工队。搬家之前，他们一直住在市中心六十多平方米的单位宿舍。一切搞定的那天，他坐在院子里，对着大门傻笑。没想到我也有今天！秀枝说：你得感谢我，没有我，你指甲大块地都弄不到。刘玉成说：那你先得感谢我智商高，有先见之明，没把你变成城市户口。秀枝瞪了他一眼：你哪来的先见之明！无非是不肯为我掏钱转户口，无非是想压制我，生怕我条件变得比你好。秀枝一直耿耿于怀，当年如果转了户口，她就可以招工，就有正式工作，老了也有退休金，虽然这些年她从没闲着，辛苦挣扎，风里来雨里去，常常忙得饭都没时间吃，还是活得不好，她做过裁缝、卖过窗帘、卖过水果，小打小闹的收入并不比刘玉成少，但终归有点战战兢兢，底气不足，尤其现在，老了，做不动了，就一分钱收入都没有，不像刘玉成，每月都有退休金，逢年过节还有人发短信问候。一个人不能安排自己的生，也不能安排自己的死，但生与死之间的这一段，如果不能安排好，那就叫活得不好。

入住

第一个到家的是子夏，但不是她本人，是她的孩子。

子夏在电话里说：孩子放假了，我还得上班。

她言语一向简短，快刀切豆腐，跟她相比，刘玉成的废话可以拿筐装。好说好说！一放假就给我送过来，你那边送到机场，我在这边机场接他，现在蛮多回爷爷奶奶家的孩子都是这么安排的，非常方便。

不止又又一个哦，还有个弟弟，叫里里。

什么？你生二胎了？这么大的事怎么没告诉我们？

秀枝也吓坏了，一脸惊慌地望着正跟女儿通话的刘玉成的脸，就像刘玉成的脸是电子屏幕，子夏就在那个屏幕上一样。

刘玉成的脸慢慢僵住了，应答声越来越弱。嗯，嗯，你觉得好就好，好歹跟我们说一声嘛，我们又不会干涉你。什么都不说才叫人担心呢。他拉拉秀枝的衣袖：你来听！

秀枝听电话的时候，刘玉成踱到外面去了。等他在外面抽完一根烟，回来一看，秀枝还拿着电话。看看刘玉成的脸色，秀枝叹着气把电话挂了。

还好子书结婚的时候，她是一个人去的，只要我们不提她离婚的事，武汉那边的人看不出来。

谁管他们看不看得出来！我只心疼我的女儿，那个丧良心的在外面有人了，子夏看在孩子分上，不想离，他也说要跟外边那个分手，她还以为真的分了呢，结果倒怀孕了，还说不介意他离不离婚，心在那边就行。都到这种地步了，也不肯跟我们说一声，我们这么多人，竟没一个人去帮她说句话，任她在那边受人欺负。

只怪她太好强了，好强的人都不大顺。

她生下来就好强吗？还不是怪你，重男轻女，天天对两个儿子说，你们“务必给我考上大学”，“子夏我不管，她反正是别人家的人”。就是你这些话刺激了她，她才发奋读书，才养成这种性格。其实秀枝心里清楚，除了这个原因，还有别的，子夏身上不知为什么，就是没有别的女孩子那股温柔劲儿，说话直来直去，硬邦邦的，她指出来过，也教过她，却总是当场就被子夏顶了回来：我心里有什么就说什么，你那一套我学不会。

还好已经走出来了。看来跟那父子俩处得还可以，不然不会带回来过年。刘玉成总是愿意把事情往好处想。

孩子跟着受苦啊，再好也不如自己的亲生爸爸好，对方的儿子比又又小两岁，大人肯定都偏向小的，还不是我的又又吃亏。

一般来讲，女方应该是强势一方，女方的孩子不会吃太大的亏。

就算又又暂时占了强，难保那个小的不对大的怀恨在心，寻机报复。不同父不同母的孩子，搞不好就是敌人，斗得死去活来的都有。

少说两句吧，快过年了。也有例外。

整整一天，刘玉成两口子都不开心，秀枝动不动就抹眼泪，那段时间子夏该有多么痛苦，孤儿寡母，没一个人给她出主意想办法，什么都靠自己，走到哪里都是单枪匹马。她一趟趟跑超市，买蚕丝被，买专供子夏一家使用的烧水壶，买矿泉水，买点心，买卫生间一应物品，买熏香，她要把这些来年没有用出去的疼爱全都补给子夏。

去机场接孩子那天，两人早早地就等在出口处，也不肯找个地方坐着，眼巴巴地站在那里。

两个孩子是空姐带出来的，一个高瘦，一个矮胖，刘玉成喊一声又又，两个孩子一起转过头来。瘦高的孩子拉起小胖子的手说：里里，这是外公外婆。外公外婆，这是我弟弟里里。

秀枝一听到又又的声音，眼眶就红了，死死抱住孩子，马上又想起什么，赶紧将里里也揽进怀里。

坐进出租车里，秀枝问：又又，饿不饿？又问：里里，饿不饿？里里说：外婆，你问了三遍了。

连出租车司机都跟着笑起来了。秀枝一左一右揽住两个小兄弟的肩：可想你们了，想死我了。

里里说：你应该不会想我吧，因为我们才第一次见面。

秀枝随机应变：才不是，我很早就见过你的照片了，我那时就在想，什么时候才能见到这个可爱的小男孩呢？

我奶奶第一次见到又又的时候也是这么说的。

是啊，怎么把这一层给忘了呢？又又肯定也像今天一样，去见过里里的爷爷奶奶，里里回去后，肯定会跟那边的人讲，又又的外公外婆怎样怎样，可不敢掉以轻心。虽然她有很多问题想问里里，听了这孩子的话后，她改变了主意，在子夏回来之前，开口一定要慎之又慎。

两个孩子处得不错，一起嘀嘀咕咕，一起进进出出，十足一对亲兄弟。刘玉成笑眯眯地得出结论：说明他们俩缘分不浅，亲兄弟也有处不来的。秀枝却忧心忡忡：还小呢，不知长大了会怎样。

这你就不懂了，小时候都处不好，长大了也不会好到哪里去。

孩子们都有自己的寒假作息表，上午安安静静写作业，下午才是自由玩乐时间，秀枝为他们准备了弹弓、陀螺、铁环，刘玉成为他们准备了钓鱼竿，并负责把两兄弟的照片传给子夏。刘玉成很快就成了孩子王，跟他们一起玩得津津有味，秀枝却时不时就走了神，有其父必有其子，这孩子这么活络，爸爸肯定也不是个木讷汉子，不会又辜负了子夏吧。子夏这个人最大的毛病就是自尊心太强，无论大小事，一个人闷在心里，生怕别人知道了看笑话。又又爸爸可能正是看中了她这个弱点，才欺负了她。背着屋里人在外面乱搞，在秀枝看来就是欺负人，男人欺负女人，真不要脸。所以她此刻望着里里，心里一阵一阵地发凉，要是里里爸爸也对子夏不好，她可怎么活呀。

因为在宜都过完年后，大部队还要启程赶往重庆，所以武汉一家只能放弃自驾，于腊月二十九乘高铁到宜昌，宜都这边派车去接站，但子建两口子却是另一条路，他们现在正在北京办事，为了方便接车（刘玉成坚持要接），武汉北京两拨人会算准时间在宜昌火车站碰头，再通知宜都的接站人员。

谁知到了腊月二十八这天，上午九点不到，子建就打来电话，说圆圆的爸爸妈妈还有姐姐姐夫，已经到了宜都了，他们开车来的，因为说不出家里的具体定位，他们只能停在长途汽车站附近，让家里派个人去指引一下线路。至于他和圆圆，他们按原计划不变，明天才能到家。

怎么提前了呢？好好好，我去我去，你把他们的电话给我。

刘玉成一边急急地往外走，一边懊恼，原来计划好的接车仪式完全用不上，子书一辆车，再借一辆车，还有小国旗，全都买好了，插在车头一路威风凛凛开过去，接到了，在宜昌吃火锅，逛大坝，再去铁路坝给两个孩子买点鲜艳玩意儿，这一套全都用不着了，这么突然，事先也不打个招呼，他请的厨师还没到呢。

刘玉成老远就看到车站小广场旁边温温柔柔站着一个穿羽绒服大衣的女人，那是圆圆妈妈、他的亲家母。人的气质真是个说不清楚的东西，随便往那一站，不用说话，也不用做任何动作，就有种叫不出名字的东西从她身上溢出来，不由分说抓住人的眼睛，跟她的气质不相称的是她身旁的黑色小汽车，灰头土脸，一看就是经过了长途跋涉的。

他开始小跑，他要用这种方式提醒亲家，他是急急忙忙赶过来的，是在猝不及防的情况下扔下别的事情跑过来的，他本该明天才从从容容地出现在火车站。

热情礼貌地互致问候之后，圆圆妈妈主动解释：他突然就说，还是自己开车好，自由自在，不用到处排队。我也没办法，只能跟着走。

顺着亲家的眼神，他看到圆圆爸爸正在车里睡觉，张着嘴，睡得很沉很沉的样子，再一看，后面睡着的还有圆圆姐夫。正觉得还差一个人呢，圆圆妈妈冲超市那边招手，一个戴口罩的年轻姑娘走了过来，那是圆圆姐姐，边走边隔着口罩用嗡嗡的声音跟刘玉成打招呼。刘玉成这才发现，圆圆妈妈也是有口罩的，这会儿她把它套在手腕上。再一看，街边行人戴口罩的还不少，顿时感到不好意思，他听说过最近又有了传染性流感，但他天天在家忙过年的事，没往心里去。

怎么办？我没戴口罩。不过我没感冒。刘玉成半捂着嘴。

圆圆妈妈说：没事没事，我也没有，我们都没有。其实就是个心理安慰，真的遇上病毒，口罩不管什么用的。

就是就是，每年冬天都有一拨流行性感冒，已经习惯了。

他看到母女俩交换了一下眼神，圆圆姐姐说：我去叫醒他们吧。

两个男人醒来后，又是一通寒暄，圆圆爸爸穿着鲜艳的冲锋衣，一动就咯吱咯吱响，他挥着手说：突然觉得还是应该开车来更方便些，可以一路走走停停，昨天我们在荆州玩了一天，所以今天到得早了点，给你们添麻烦了。这个车呢，就放你家里，我们就不从重庆直接回武汉了，我们再回来一趟，也不用住，一到宜都，开上车就走，免得第二次叨扰你们。一米八几的姐夫站在一旁点头，呵呵赔笑。

哪里哪里，无比荣幸，我正觉得只有子书一辆车不方便呢，这下好了，随时随地，想去哪就去哪。

一上车，刘玉成就不停地介绍，这里是什么地方，以前是什么样子，后来发生了什么，才变成现在的样子。大家听了，都不说话，只是嗯嗯、哦哦，心不在焉，刘玉成有点疑惑，如果他们真的对这个城市不感兴趣，为什么又眼睛都不眨一下地望着外面呢。好在并不远，一会儿就到了，当汽车从马路上拐下来，驶上私人公路时，刘玉成指着自己的家，故作淡定地说：到了，就是那里。

车里的人陡地兴奋起来，一起惊叫：哇！土豪啊！门口还有罗马柱哎！蓝色的琉璃屋顶，白色的墙，小清新啊！希腊风格！把这房子移到武汉去，该是多么让人妒忌啊。

哇！还有一个湖，好圆啊，是人工湖吧。

刘玉成说：这叫南风堰，姐姐好眼力，是人工湖，以前很大，这一带的灌溉全靠它，后来农田没有了，南风堰也就一年比一年小了。

秀枝已经带着两个孩子迎出来了，刘玉成第一次发现，秀枝笑起来的时候真的是皱纹滚滚，原来她已经这么老了，是个真正的老女人了，顿时无比感慨，她年轻的时候多招人爱啊，还好她亲切、自然，丝毫没有见到稀客的压力，就像这突然冒出来的四个人，不是只见过两面的亲家，不是只见过一面的儿子的姨姐和连襟，而是才三天没见面的邻居。她的声音很嘹亮，带点亲昵的责备：子建打电话来的时候，我还以为是他搞错了，我记得清清楚楚，明天下午接站，我还专门去买了小国旗的，这下我的国旗不是白买了？

她的声音感染了客人，圆圆爸爸笑嘻嘻地伸出手来：国旗呢？给我，我现在就去给它插起来。他看了看车库那边，一脸严肃地提醒姐夫：你车停好了吗？那我再去看看。姐夫乖乖地朝车库走去，他把车往里开了一点，其实动作不大，最多往里多进了十公分。停好车，他打开后车盖，从里面拿出一把大刷子，在车身上刷了一阵。刷到车尾时，他利索地把车牌取了下来，飞快地放进了后备厢。

秀枝把客人往二楼引，又是一片惊叹声：哇！你们太土豪了！看这地板，看这栏杆，每个细节都这么讲究。秀枝一个劲地谦虚：穷家小户，让你们大城市来的人看笑话了。

二楼的房间早就布置好了，一样一样收拾得跟宾馆一样，光是那些酒店用的白色床上用品，就花了不少钱，但秀枝不心疼，她同意刘玉成说的，不是每年都能把大家约到一起，说不定这辈子就这一次。再说刘玉成已经计划好了，春节过后，这里就是刘家民宿。周边已经有人在这么干了。这事子书也很支持，电脑上的事都由他操作，他弄熟练了，再教给爸爸，所以这次聚会，也算是刘家民宿的试运行。刘玉成说了，咱们倒下之前，绝不能依靠他们，一旦你开始依靠他们，你在他们心里就没地位了，你就被动了，要想不被动，手上就得有两个钱。

圆圆爸爸妈妈、姐姐姐夫分别拥有自己的房间，另有一间门上贴着大红“囍”字，一看就是为子建和圆圆预备的。圆圆妈妈推门一看，屋里布置得跟洞房一样，转身就夸秀枝：真是个好妈妈！想得真周到！秀枝说：虽然已经结婚一年了，既没在家摆酒席，婚后也没回过家里，总感觉欠着他们。

客人刚一安置妥当，秀枝就一头扎进了厨房，这一去，她就不会再出来了。小马要腊月二十九中午才会来，她报到之前，就靠秀枝一个人支撑，她技术没问题，就是熟练的菜式不多，也做不出什么高档的大菜。

刘玉成来过一趟，叫她不着急，二楼的人都说想要睡一觉。秀枝说：他们开过来要五个多小时吧，到这么早，那不是后半夜出发的？难怪要睡觉。刘玉成告诉她，他们是从荆州过来的，是一路玩过来的。说完他自己也发现问题了：从荆州过来两个小时都不要，他们怎么一脸瞌睡，像开了夜车的样子？

秀枝在灶头忙碌开了，过了一会儿才说：你管他们是怎么来的，你只管他们来了以后，你要如何招待就行了。来，把这些给我洗一洗、切一切。

刘玉成听话地帮忙，突然说：他们都夸我们的房子好，是这一带最好看的房子。秀枝说：那是人家客气。

子建和圆圆是第二天中午到的。他们事先在宜昌火车站打电话，让家里派车去接。

刘玉成笑着看向亲家，子书因为家里取消了隆重的接车仪式，索性不回来了，单位里有人调休，他正在顶班，幸亏亲家带了车来，只有辛苦亲家跑一趟了。亲家示意刘玉成先别管，他来跟圆圆说话。亲家到底跟圆圆说了什么，他没法知道，因为亲家是走到外面去跟圆圆说的。后来亲家告诉刘玉成，他已跟他们讲好，他们自己打车回来。

年轻人，就用年轻人的方式解决。

刘玉成有点奇怪，家里又不是没车，又一想，这是爸爸跟女儿的决定，跟他不相干。

子建和圆圆没让出租车拐上小公路，他们在马路边下了车，顺着小公路走回来。秀枝是最早站在厨房窗前看到这一幕的。她故意没声张，她想看看这两个人走在一起的样子。

两人并排走着，既没拉手也没挽臂，一副老夫老妻的样子，子书两口子就比他们活泼多了，特别是还没生孩子的时候，两人不是肩碰着肩，就是手拉着手，从没像子建两口子这样，中间隔着一个人的距离，走得规规矩矩。她叹了一口气，也许是性格的原因吧，子建从小就是个沉闷的孩子。

当秀枝把两个孩子迎进门，打开属于他们的房间时，圆圆惊呼一声，羞赧地捂住了脸。子建则捡起撒在床上的花生枣子之类问：这些能不能吃？

刘玉成尾随着秀枝来到厨房。秀枝突然一笑：这人化妆和不化妆区别好大呀。

刘玉成心领神会，他知道她在说子建媳妇。

他们结婚那天的样子我还记得清清楚楚，今天才发现，原来她比子建矮那么多呀，皮肤也黑了好多，可能是夏天晒黑了还没转过来。

小心给人家听到了！儿子喜欢就行，你们女人就喜欢注意这些不打紧的小事。

刘玉成出去了，秀枝还在琢磨，怎么差距这么大呢？她还记得婚礼那天，新娘子多漂亮啊，白白嫩嫩，眼睛又大，真的像仙女一样。难道是羽绒服的错？她穿了件胖胖的墨绿色羽绒服，一双大腿把裤子都绷得起褶子了。难道是有点晕车？脸上黄巴巴的，还透着黑。个头也没婚礼上看起来那么高了，比子建差不多矮了一头。

正这么想呢，眼前一暗，一大团墨绿飘了过来，秀枝脑子里嗡的一声，顿时连人家名字也忘记了。

妈，我来帮忙。

秀枝赶紧拦住她。还好子建马上也赶到了。妈，就让圆圆帮你吧。她正想学做菜呢。

秀枝感激地看了儿子一眼，提醒得真及时啊。

因为圆圆在这，子建也留下来不走了，站在一旁念念叨叨算行程。

再过两天就是大年三十，我们是正月初二的船票，也就是说，我们要在家里待五天。姐姐确定是年三十那天才到吗？那我们家的人口高峰期就是大年三十和初一两天，这两天我们都来厨房帮忙吧，不能让妈妈一个人辛苦。

秀枝告诉他，明天小马就来了，小马一个抵得上我们家十个。子建问哪个小马，秀枝说：就是姨妈家的笑笑啊，她现在是有名的焗长了。子建顿时兴奋起来：啊？笑笑现在这么能干了？我记得她比我还小两岁，小时候她好凶的，男生都敢打，我被她打过两次。

三个孩子中，就子建喜欢跟她拉家常，子夏天生寡言少语，子书只跟他那帮同学朋友在一起才有话说，在家里就是尖屁股，坐不满五分钟。只有子建不一样，他跟秀枝在一起，总能找到亲切的话题。就像现在，也没人问他，他自己就接着往下说了：

笑笑后来嫁得怎么样？肯定有孩子了吧？明天见了面我要跟她好好聊聊。

哎呀，你提醒我了，千万不要跟她提这一出，她离婚了，去年离的，她妈还托我们帮她留意呢，有个女儿，跟了她，三四岁了。大过年的，你可不要提人家的伤心事。圆圆也说：就是，不要随便刺探人家的隐私。

我们是一家人，一家人没这些规矩。

一家人也要规范自己的行为！圆圆眉毛一挑，子建就说好好好，秀枝瞟了一眼，心里叹了口气。

午饭拖到下午两点多才开席。秀枝做了一个鸡火锅，一个鱼火锅，十二道菜，正好子书一家三口也及时赶了回来，他们变电所没有节假日，一会儿吃完饭，子书还得赶回去再上一个班。挤挤挨挨坐满了一张大圆桌，还上了两个加座，秀枝没上桌，她要跑着上菜。每上一个菜，她都要在桌边瞄一眼，甭管多少人，她总能一眼就从人群中揪出自己人的面孔：刘玉成、子建、子书、又又、子书的女儿睿琪，这些人脸上就像有磁铁一样，不管多远、多乱，总是能牢牢吸住她的目光。

酒自然是少不了的，刘玉成献宝一样，拿出他的汾酒，想了想又去拿来清江大曲。圆圆爸爸也把他带来的酒拿出来展示，饭桌上顿时摆满了酒瓶。女士们开始礼貌地抗议，两个男人说：所谓过年，就是我们男人的节日，喝酒喝到醉，抽烟抽到麻，打牌打到手抽筋，都是合理合法的，你们女人没有发言权。女人们只好撇撇嘴，随他们喝去。

酒过三巡，又过三巡，刘玉成看看面前林立的酒瓶，望着圆圆爸爸说：爸爸，今天还只是第一顿，算是热身，我们……

桌上哄哄一片笑声：醉了醉了。这就醉了？

刘玉成不明白：我说错话了？

吴爸爸撇撇嘴：就说你们不懂地方文化吧，人家这是跟着儿子子建叫的，你们什么都不知道，还笑！又对刘玉成说：你太客气了，叫我老吴就行，就这么定了，你叫我老吴，我叫你老刘。

不行不行，你可以叫我老刘，但我得叫你爸爸。我小的时候，我的父母也是这么叫他们的亲家的，我们这块地方就是这样的。

你这已经不是地方文化了，这就是传统文化。

管他什么文化，家里的事，还是照老规矩来比较好。言归正传，我们还是回到喝酒上来，爸爸，我们也不要把酒喝杂了，我们今天就喝我的酒，你的酒留着明天喝，就这一瓶，对半分如何？

不行不行，太多了太多了。圆圆爸爸一边拒绝一边却把酒杯殷勤地挪过来，大家又是一阵哄笑。

我们家以前，过年这天，只要是男的，都得喝酒，奶娃子也不例外，拿筷子蘸了，送到口里舔一下，也算喝了。不像现在。刘玉成指指几个正在喝饮料的孩子：他们就爱喝这些东西，都不稀罕酒了。

年轻人开始讨论第二天的安排，武汉来的人倒比宜都本地人更了解附近的景点，说是要去盐池河泡温泉。他们从网上得到的信息是，盐池河温泉不像普通的温泉山庄，就是宾馆内弄一池子，那里的温泉是野生的，当地农民家很少有洗脚盆，要洗澡的话，肩上搭条毛巾，往河里去一趟就成，当地人从没听说过皮肤病为何物。圆圆爸爸说：这种地方要趁早去，估计过不了多久就会有人进去搞开发了，一旦开发了，就没什么意思了。年轻的女孩子们马上想到了日本电影，人泡在温泉里，脸上热得通红，头顶上却是缓缓飘落的雪花。啊！她们惊叹起来，马上就能体验一把日式温泉了。但刘玉成一句话把她们拉回现实：这个天，雪是没有的，今年整个鄂西都没下过雪，今年是暖冬。但他自告奋勇当向导，因为他退休前参加单位组织的一次活动，正好就在盐池河，他当时就留了心，找人家要了一张名片，现在果真派上了用场，当场电话联系了对方，问清路线，还订了餐。

刘玉成对又又和里里说：可惜你们的爸爸妈妈不在，所以你们两个明天要拼命玩，要把爸爸妈妈那一份也玩回来。

又又说：我们可以不去吗？我们要写作业。

作业不着急，玩好了回来写得更快。

我们都不喜欢泡温泉，我们在南京泡温泉时，大部分时间都只是在吃东西。又又说完跟里里对看一眼，两人肯定商量过了。

大家都要去的，你们不去就没人给你们做饭吃。

我们可以吃泡面。

不行不行，过年不能吃泡面。

但我们喜欢吃泡面。

秀枝过来说：他们实在不想去就不要勉强了，我也不去，我在家里陪他们。

其实她刚刚在电话里问过子夏，子夏说，那种温泉，别让他们去，水里会有碎石头小瓷片，如果划伤了脚，还要打破伤风。再说小孩子跟我们大人不一样，他们并不喜欢一动不动泡在温水里。

子书的媳妇李莉也说：我们也不去了，我妈叫我明天回去一趟，家里有点事。

这么一算，去温泉的就只有武汉一家，再加上刘玉成和子书了，刚好两辆车。圆圆爸爸问：这一路，不经过城市吧？刘玉成说：沿途都是山路，负氧离子多，保证你这趟回来，五脏六腑就像洗过了一样。

第二天天还没亮，秀枝就起床了，去温泉的人七点动身，起码六点就得吃早饭，还要备点路上吃的小零食，总之，不管去哪里，都是她的客人，每个细节都不敢怠慢。

最终拖拖拉拉七点四十才出发，全家人都出来给他们送行，又又和里里笑个不停，指着武汉来的汽车说：光屁股！它是个光屁股！姐夫也笑，对孩子们说：它的小短裤坏了，一会儿修好了再给它穿上去。

秀枝追着刘玉成说：等你们回来接子夏哦。刘玉成说：子夏不是下午六点的飞机吗？放心，误不了。

下午四点多，刘玉成打电话回来说：接不成子夏了，路上出了车祸。秀枝一听腿都软了，再一问，才知道出车祸的不是他们，是别人，他们只是被堵在了路上而已，现在还不能确定什么时候能到家。秀枝骂他：老糊涂了！话也不会好好说了。

秀枝马上打电话给子夏，却是关机，看来还没落地。又又说：我可以给我妈发信息，这样她一下飞机就能看到了。里里说：也给我爸爸发一个，保险。

秀枝放心地把这事交给两个孩子，转身去厨房备饭。

过了一会儿，两个孩子欢天喜地地过来说：妈妈回我信息啦，他们已经打到车了。

饭还没准备好，就听见门响，秀枝从厨房里冲过去，只见两个孩子一人抱住一个大人，一动不动，子夏一抬眼，看见秀枝，喊了声妈，旁边另一对雕塑也松开来，一起转向秀枝。

妈，这是里里爸爸。

里里爸爸对秀枝鞠了一躬：妈！我姓赵，赵鲁平，您叫我小赵就行。又揽过两个孩子说：这段时间给您添麻烦了！

秀枝被他这么一叫，不免飘飘欲仙，她有两个儿媳、一个女婿，对她称您的就小赵一个，自己的子女更不用说，一直都是你你你。

也是怪了，五年多没见的又又爸爸，此时倒在岳母心里清晰起来，又又爸爸比这个黑，也比这个壮，稍一使劲，手臂上就像一群小老鼠跑过，实在不像个会计师，倒像个搞工程的，而里里爸爸这个正儿八经的工程师，却斯斯文文，白白净净，像个教书的，幸亏有两道浓得不得了的眉毛，给他添了点男人气。

话题很自然地转到子建身上，得知子建岳父母全家都来了，子夏突然紧张起来：真的全都来了？已经来了？

九月份子建结婚的时候就讲好了，今年都来我们这里过年，你忘了？

妈你不知道吗？武汉现在有很厉害的传染病，他们当中有没有人咳嗽？有没有人发烧？

瞎说，人家一家活蹦乱跳，健康得很，再说，就算有传染病，也不是每个人都会被传染到。

正说着呢，就看到里里爸爸的手伸了出去，在里里额头上摸了摸，在又又额头上摸了摸。

吃过饭，把子夏一家往三楼送，经过二楼时，子夏拐了进去。秀枝也跟过去了。

推开一扇门，看到挂衣架上的衣服，秀枝介绍说，这里是子建两个人的。子夏在后面喊：妈你别摸他们的东西！秀枝说：哎呀没事的，人家跟我们一样，好得很。又推开一扇门，看到门边摆着一双灰色羊毛低筒靴，便知道是子建岳父母的，子夏说：这家人在衣服鞋袜上蛮讲究的。秀枝说：特别是她妈妈，一看就是爱打扮的人，打扮起来也好看。子夏说：那好呀，说明子建的老婆也很懂得打扮。秀枝正要说什么，里里爸爸在楼梯口叫：子夏！子夏！语调很急，子夏应声跑了过去。不一会儿，子夏过来拉走妈妈：妈你听我的，以后不要到二楼来。秀枝说：我也没时间来，一楼就够我忙的了。

三楼是秀枝一样一样精心布置起来的，看得出来，子夏挺满意。妈！你已经算是小土豪了。

土豪什么呀，辛辛苦苦一辈子都搭进这房子里了，要是生个病啥的，就只能等死了。考虑到刚见面，秀枝暂时不想跟她提民宿那件事。

什么话？你还有我们三个呢。

里里爸爸说要先洗澡，子夏跟妈妈下楼，还在楼梯上，秀枝就开始埋怨子夏。这么大的事，都不跟我说一声！我是外人？要不是请你们回来过年，你还要继续瞒着我！打算瞒到哪天为止？还是准备瞒我一辈子？

子夏也变了脸：又不是什么喜讯，告诉你你也帮不了我，白白让你干着急。

我再无用也是你妈，你再能干也是我儿，现在告诉我，到底怎么回事？

不是告诉过你了吗？他看上别人了。该说的，那天都在电话里说过了。

这个呢？前任彻底抹干净没有？脑子清楚点，既然大家都是离过婚的，那就把话讲开，不要再藕断丝连，要彻底斩断，你也一样，要断得干干净净。

干不干净又不是我说了算的，以后会不会很干净我更无法知道，尽力而为呗。不说我了，说你吧，身体还好吧？我给你带了点综合维生素，还带了点衣服。边说边带着秀枝往大门边走，那里立着一只行李箱。

难怪她进门后，执意要把那只箱子放在一楼。秀枝的心一下子没法转到那只箱子上去，她拨着子夏的头发说：都有白头发了，你从小就这样，看着聪明，实际上傻得很，真是替你担心哦，我要是在你身边，肯定会拦住你的。

未必，你要在我身边，我们只会离得更早。

这个人为人怎么样？两个孩子我看处得还不错。既然当了继母，就要对人家孩子用心一点，还要学会用巧劲，不要做些吃力不讨好的事，惹得人家妈妈恨你。

现在跟你们当年不一样了，你们那时候离了婚就是仇人，我们不是，一到周末，又又就去他爸爸那，里里去他妈妈那，有时又又也一起去里里妈妈那里，他妈妈嫁了个老外，那老外对孩子很友好，这不就是个不花钱的英语老师吗？我正准备让两个孩子每个周末都去里里妈妈那里呢。

秀枝瞪大眼睛看着子夏，她没想到还可以过成这样。

你看你看，我就说不能告诉你吧，行，我不说了，总之你放心，我能应付我的生活。

一直等到夜里十一点多，从盐池河回来的人还没有到，还好子建一直都在跟家里保持联系，说路障刚刚清除了，现在正在加紧赶路。秀枝嘱咐他们慢点开，反正明天又不上班。

子夏看了下时间，决定明天早点起来见武汉的客人，楼上两兄弟还等着她的睡前安抚呢。秀枝说，最好见个面打个招呼再去睡。子夏说：又不是只待一天两天。子夏一向不是个好商量的人，秀枝也不好勉强。

子夏一走，屋里突然静了下来，秀枝走到窗边，两手交叉着插进袖子里，也不知在看些什么。

过了一会儿，她走过来，利索地站到小凳子上，从墙上取下相框。相框里面是刘家几代人的照片，刘玉成爷爷、刘玉成的爹、刘玉成自己，刘玉成的照片最多，参军的照片，工作的照片，以及他的全家福，三个儿女的照片。秀枝在打量子夏母子跟前夫的合影，那时的子夏还是短发，不是今天这样的长卷发，那时的又又也还小，脸上肥肥的，不像现在，瘦筋筋的完全是另外一个人。秀枝把相框翻扑过来，掀开后面的铁皮，小心地拿下子夏一家的合影。

很快她又改变了主意，重新放了回去，不过，她移过几张别的照片挡在这张照片前面。

她转身去了厨房，从大前天开始，炉子就没熄过，要煮的东西太多，煮好吃的，又要烧好喝的，刚刚弄好喝的，吃饭时间又快到了，从早上起床到晚上上床，她几乎一直待在厨房里，但她一点都不觉得累，她有好长时间没给孩子们做饭了。这会儿，她把烧开的水冲进暖瓶里，移过银耳莲米羹，从盐池河回来的人，饭肯定是吃不下了，一人来一碗热汤应该正好，喝得热乎乎地再去睡觉。

烧羹的时候，她把椅子拖过来，半坐在椅背上。站久了腿会疼，衰老的兆头啊，以前从没出现过这种状况。不管怎样，人都到齐了，年，真的要开始了。

从盐池河出来，车上的人一直昏昏欲睡，除了开车的子书和坐在副驾驶座的姐夫。两人一直在轻声聊天。刘玉成对子建说：你姐夫人真好，他这是在慰问司机呢。

十一点多钟才走出磕磕绊绊的山路，进入宜都地界，姐夫突然在前面叫了一声：爸，坏消息来了！

与此同时，车身一震，不知是轧着了小石头，还是子书的手抖了一下。

怎么说？吴爸爸的声音异常冷静。

明天上午十点。

翁婿俩的对话到此为止，但一股冰冷的气流像蛇一样，在车内无声地爬行。刘玉成感觉到了，忍了好一阵才好奇地问姐夫：是关于盐池河的坏消息吗？

不，是关于武汉的，封城了。

车里顿时鸦雀无声。

万幸！万幸你们已经出来了，不怕，我们这里地广人稀。

没有人应声。

过了一会儿，刘玉成又说：我想不通，留在里面的人怎么办？

姐夫在前面轻声说：应该跑了很多出来。

吴爸爸打断他：你知道什么？不知道的事就不要乱说。

刘玉成说：我猜也是，一般重大消息出来之前，总是会有消息灵通人士提前知道的。

吴爸爸说：应该不大可能，这是机密，就算有提前出来的，也是碰巧，毕竟是春节，人员流动量是一年中最大的。

那是，那是，春运嘛，传统项目，谁还不回家过年。

我们也是沾了子建和圆圆的光，他们俩要去北京，我们也就没必要守在武汉了，索性开着车，一路玩过来，如果他们没去北京，我们肯定会按照原订计划，今天一起出城，那就麻烦了，说不定我们就出不来了，你的春节计划也泡汤了。

所以说，人算不如天算嘛，天老爷帮忙，提前把子建和圆圆派去了北京，我们才有了欢聚一堂的机会。只是，武汉这么大，封得住吗？

武汉是很大，但路只有那几条，守住路口、海陆空交通一封，谁都跑不出去。

哎呀，这真是！嗐！真是！怎么就搞成这样了。

会有办法的，上头会想办法的。吴爸爸说。

爸！姐夫突然回过头来：要不，我回去吧，你们留在这里，我一个人回去。

你回去干什么？姐姐喊道。

受不了你们说的，我爸妈还在城里呢。

吴爸爸吼道：封城不就是为了保护这个城市吗？你爸妈只要老老实实待在家里，不到处乱跑，就一点事没有。

刘玉成也赶紧说：姐夫，你别听我乱说，安安心心住在我家，你爸妈不会有事的，就像爸爸说的，待在家里最安全。

姐夫的手机响了一下，他扫了一眼，回头去看姐姐，两人长久地对视着。很明显，姐姐刚刚在手机上跟他说了什么。

姐夫让子书暂停，又让吴爸爸下车，他要跟他说句话。

姐姐也下车了，三个人在路边小声讨论起来。刘玉成在车里盯着他们，吴爸爸在朝姐夫吼叫，姐夫很激动地回嘴，姐姐一个劲地拉姐夫，似乎是在劝他不要说了。

我得去看看。刘玉成也下了车。

别的不行，他妈的扯筋蛮行！出风头蛮行！刘玉成听到吴爸爸在嚷嚷。

我只是想将来问心无愧。

你有什么愧？谁不想活下去？自寻死路才是最大的愧，你问你爸妈同不同意我的说法。你不问我来问，他们要是同意你回去、希望你回去，我就放行，否则你就别在这里哔哔哔。

吴爸爸真的在打电话，姐夫气哼哼地走到一边去了，吴爸爸在电话里才说了两句，就一直处于听的状态，估计那边很激动，根本没给他说话的机会，听了好一会儿，吴爸爸才说：我知道了，我会尽全力留住他，你们要多多保重啊！

吴爸爸朝姐夫喊：你给我听好，我向你爸妈下了保证的，一定要看好你，不许出大门一步。你给我老实点。上车！

一路沉默，直至到家。秀枝还没睡，灯火大开等着他们。可能是看到他们一个个太严肃，有点被吓到了。怎么啦这一个个的？刘玉成扯了她一把：待会跟你说。

二楼的人径直上了楼，姐夫在楼梯口回了一头，圆圆顺着他的目光瞥了一眼，那里是门外，黑漆漆的，难道他还在想着回武汉？

爸爸搡了姐夫一把：洗澡睡觉！明天都别起太晚，下楼帮帮忙。

事实上，这天晚上没人睡得着，姐姐姐夫等爸妈那边安静后，蹑手蹑脚窜到圆圆和子建的房间来。

不想做点什么吗，博士？姐夫盯着子建问。

我能做什么呢？既不是医生，也没有其他本领。

虽然知道会这样，但接到消息的那一刻，我还是受不了，我没想到我的胸口真的会痛。

你是心脏有毛病吗？子建一脸关切地问，圆圆打了他一下。

我从小到大没离开过那里，我的爸妈亲人都在那里，就我一个人在外面，你能体会这种感觉吗？我现在只有一个想法，我应该回去，跟我的家人一起被封在里面。

我们不是你的家人吗？姐姐瞪着他。

至少暂时看来你们是安全的。

他们也一样是安全的，又不是关起城门来毁了它。

我是我们家的顶梁柱，我家里只有爸妈和妹妹。

那你之前为什么同意出来呢？姐姐提高声音问，那个时候为什么不想想他们呢？

我之前没想到我的胸口会疼！姐夫眼里有了泪光。

姐姐房间传来一些响动，姐姐开门出去，过了一会儿，姐姐回来说：你回不去了，爸爸把车钥匙拿走了，他说他对你爸妈保证过，你爸妈还有你妹妹都不希望你回去。我知道你这个人，你从来不管什么计划，也没有远大目标，你只有情绪，你的情绪也从来不稳定，脑子一热，你就开干，不到三分钟，你脑子又冷了。

姐夫瞪着姐姐的眼睛，泪光渐干。姐姐轻蔑地瞥了他一眼，掉过头去。不要制造骚乱。这句话是从姐姐齿间一个字一个字挤出来的。

手机上不断传来各种消息，他们一边看一边大声交流，激动得睡意全无，直到子建的电话突然响起，他们才发现，不知不觉已经凌晨三点。

哎呀，是姐姐呀，你还好吗？我们回来太晚了，知道你们已经睡了就没上来打扰，哦哦，好的好的，好的，晚安！好的，早安！

关掉电话，子建压低声音说：小点声，我们把姐姐吵醒了。

你姐姐回来了？这是你姐姐跟我们说的第一句话？圆圆望着手机，看似轻飘地问了两句。

她，她的睡眠一直不太好，她并不知道是谁在说话，她只知道我在二楼。

姐姐姐夫赶紧起身离开，到了门边，姐姐回过头对圆圆说：我肯定没法睡了，他这股劲儿没有两三天是消不下去的。

姐夫说：什么两三天？你把我当什么人啦？告诉你，我明天走也要走回去。

姐姐向圆圆做了个怪相，跟在姐夫后面回房间去了。

这对夫妇结婚七年，至今还没有生育孩子的计划，问姐姐，姐姐说：巧妇难为无米之炊。问姐夫，姐夫说：何必白白把他带来受苦？圆圆总觉得他们是惧怕压力，姐姐是个小财务人员，整天埋头做报表，跑银行，忙得没日没夜，工资还不高，姐夫是个美术老师，这门课在学校不受重视，导致他这个人也不受重视，学校又不允许在校老师在校外机构兼职，长期的压抑让他发展出一项新的爱好，他喜欢上了骑山地车，一到周末，就套上他那套装备，去征服周边的小山小水，骑行一次，就发一次朋友圈，照片拍得越来越好看，人却离生活越来越远。

因为事先已经奏报过，整个二楼的人一直睡到中午才起床。起床后的第一件事，当然是去看手机，正式的封城消息出来后，全国都炸锅了。大家又凑在一起哀叹起来。爸爸说：我们的三峡游肯定泡汤了，就算游轮继续航运，我们也没法从重庆返回武汉，那还不如原地待着。

终于下楼了，六个人一起出现在大门口，正在院子里闲坐的子夏夫妇霍地站了起来，爸爸妈妈赶紧上前问候致意，四个年轻人自然要落后一步，把这权利让给长辈。

子夏笑眯眯地说着客气话，脚下不动声色退了两步，妈妈不知所以，紧跟着进两步，子夏再退，妈妈再进，子夏伸出手来，指着椅子对妈妈说：您坐您坐，不要客气。妈妈刚刚告一段落，爸爸紧接着上前，这回子夏索性躲开了：不要客气不要客气，我去把茶壶给你们拎过来。撒腿就跑。

爸爸妈妈总算坐了下来，子夏向两对年轻的夫妇远远地摇手：你们昨天讨论得很热烈呀，看到官宣了吧，十点起，唉！还不知要封到哪一天呢。

一股凉凉的细流自头顶慢慢注入，圆圆从刚才的客套中已经看出端倪，子夏是在刻意和他们保持距离，可惜妈妈太投入，竟没注意到。她僵在门口，挡住要去妈妈身边的姐姐，小声说：我们去厨房吧。

小马已经干开了，她是个浓眉大眼身体壮实的姑娘，正挥着大砍刀剁肉，冷不丁见到笑盈盈跟她打招呼的两姐妹，手中的砍刀没来得及放，拎在手上便迎了过来。也许是常年油烟熏蒸所致，小马看上去皮肤不太好，不像子建的表妹，倒像是表姐。再一看，灶边还有一个六十上下穿花罩衣的女人，一脸谦恭地冲她们笑着，她腿边站一个三岁左右的小女孩，果真是把表妹一家都请来了。一家三代纯女性，这情景让圆圆喉头有点发哽，忍不住想要去跟小女孩亲近亲近，与此同时，子夏慌张的声音在她脑子里响了起来：不要客气不要客气！她忍住了。

从厨房门口望出去，子夏夫妇已经不在那里了，爸爸坐在那里喝茶，妈妈在弯腰打量那块小小的菜地。他们在一起总是这样，保持一定的距离，各人有各人的专注点。她想去提醒他们一下，以后别往三楼人的身边凑，又怕影响了他们的心情，搞坏了气氛。

重新回到屋里，餐桌那边，子书老婆李莉正在切萝卜，看到圆圆，灿烂一笑，这是圆圆今天遇到的第一个最好看的表情，每一条笑纹、每一颗发亮的牙齿都洋溢着欢乐，不由得满心欢喜地走过去。我来帮你切吧。李莉也没客气，起身把刀递给她，说：那我去看看厨房还有什么要做的。圆圆看了一眼李莉的作品，清一色的滚刀块，每块一样大小，边缘笔直锋利，正在往外浸出汁液，让人忍不住想要拿一块放进嘴里。正要动手，李莉过来了，她端来一小盆肉末和菜末。切萝卜还是拌饺子馅？你选一个。

圆圆权衡了一下，选择拌饺子馅，她觉得这个任务风险小一点。

几乎所有女人都在厨房里了。小马到底是焗长，不仅自己手上利索，还很善于指挥和调度，人人手上都有活，且一步一步衔接得刚刚好。

唯独不见秀枝。

十一点多钟，团年饭已做好七成，秀枝出现了，她似乎已经劳动了很久，连羽绒服里面的开襟毛衣都敞开着，气喘吁吁地问小马：有没有吃的？快给我弄一点，我饿得手脚都发起抖来了。

小马赶紧从冒着热气的蒸笼里端出一碗肉，倒扣在一只盘里，肉下面的金黄色南瓜以漂亮的弧度耸立在裹着米粉糊糊的肉块上，颤颤巍巍，十分诱人。

您是有点低血糖吧？赶紧先吃点这个，您应该吃点东西再出去的，这么远，二三里路，一来一回就是五六里，空心饿肚跑个来回怎么受得了。

婆婆一边吃一边扫视小马的工作，圆圆听见她在含含糊糊地点数：一双、两双、三双……

小马递给她一张纸：十八道菜，两桌，一共三十六道菜。

不能恰好三十六道呢，要多准备点，预备添菜，喝酒费菜，宁多不少，不要替我节约，我的备料充足得很。

知道，我备了三桌的料。小姨，并没您说得那么宽松呢，我帮您算了一下，手松一点，一个星期整完，紧一点，最多十天。

完全没有问题，尽管弄扎实点，不够我们再去买，超市又不关门，随到随买。

秀枝走后，圆圆问小马：我婆婆这么早去了哪里？干吗不要小叔开车送她？表妹很惊讶：你不知道？这是小姨的老规矩，每年过年这天，起床第一件事就是去敬土地菩萨，那个菩萨庙其实早就不在了，只有一尊菩萨像还在，被人供在一个山洞里，听说姨妈每年过年都是先敬菩萨再回来做团年饭。

这让圆圆想起小时候跟奶奶去归元寺烧香，为了抢头炷，天没亮就叫醒圆圆姐妹俩，说归元寺的头炷香特别利财、利文，这正是奶奶一定要拉上正在读书的姐妹俩的原因。天下老人的心思都一样。

小马正在片鱼片，这是个技术活，看不出来她年纪不大，干起活来真有两下子，笨重的菜刀在她手上跟长了眼睛一样，直走，横走，斜走，无一刀失手，片下来的鱼片，拿在手上迎光一照，几乎透亮。

小马，你有这么好的厨艺，为什么不去开餐馆？

小马倒也不谦虚：我才不要开餐馆，又要找人又要算成本，还要应付工商税务，我操不来那个心，我就做我的焗长，不租房，不交税，不愁经营，不会遭人投诉，也不会跟我女儿分开，赚得少一点就少一点，够用就行，不操心不发愁才是最重要的。去年一年，我手上一直有做不完的单子。

圆圆忍了又忍，没去问她去年一年收入多少，看她满足笃定的样子，应该是非常非常"够用"吧。她才知道现在居然还有焗长这种职业，仔细一想，这职业还是蛮有前景的，在分散居住的乡村，远道而来的客人们通常不可能只吃一顿饭就回家，也不可能把全部客人都拉到饭店去，大吃一顿，就地散伙，无论从哪方面讲，请一个有专业水准的焗长，居家服务，都是最经济划算又最体面的。听说小马在方圆几十里内已创下了不错的口碑，她真心为这个上有老下有小的单亲妈妈感到高兴。小马说她春节期间本来是不想接单的，人人都有个年，这次完全是看在小姨的面子上。圆圆连忙说：都怪我们，害得你过年也不能休息。小马一笑：我还要感谢你们呢，让我过年也有进账。

宜都也禁鞭，但刘玉成还是坚持要放，说过年怎么能没有鞭。圆圆正在想，鞭炮在哪呢？就听见一阵古怪的响声，原来在门边上挂着呢，就是那种所谓的电子鞭，声音丑得让人难过，幸亏她使劲忍着没笑出声来，因为接下来刘玉成大喝一声：好！这一万响鞭炮放得真好！一响到底，是个好兆头！三个深深的长揖过后，刘玉成回到屋内，饭桌上虽然没人，但只只酒杯是满的，筷子摆在酒杯旁，碗里搁着饭菜，是在开吃的架势，刘玉成对着饭桌说：请列祖列宗保佑我一家大小平平安安，健健康康。敢情是死去的列祖列宗在用餐啊。圆圆不禁下意识地后退了一步。

秀枝也跟在刘玉成后面说：保佑我们家添丁添口，升官发财。

圆圆环顾一下四周，这个添丁添口的任务，恐怕是要落到自己头上了。她发现婆婆刚刚去换了一身衣服，酒红色的羊绒外套，同色的软呢小帽，黑色的呢绒裤子下，同色短靴一看就是今天才上脚的。再一看，公公的打扮也是低调的奢华呀，羽绒服居然是加拿大鹅，子建、他的博士生大儿子，本来打算年前去买一件的，专卖店都去了，也试穿了，最后还是脱了下来，说是今年冬天不算冷，用不着，明年再说，其实就是嫌贵，毕竟快两万了。公公都盖了新房了还能这样，老头挺有实力呀。

刘玉成和吴爸爸并肩坐在上席，吴爸爸说：这个鞭还是不能禁，禁了没气氛，过节不就是图个气氛吗？所谓仪式感，不就是兢兢业业一丝不苟地做个气氛出来吗？

是啊，弄得过年好像就是在一起吃顿饭，现在谁稀罕吃饭啊。刘玉成话没说完，小马上菜过来了。放这里放这里，鱼头要朝北！你还是焗长，焗长不能把这个关键问题搞错。小马不客气地反驳：我这个焗长只管做菜，又不上菜。这意思很明显，今天她是在做超出她职责范围的事。刘玉成听出来了：好好好，给你发红包，专门表扬你额外上菜。小马笑着离开了。小小一个厨房，分工也这么明确，不能光有分工没有合作呀，光有分工培养出来的都是半边把式。刘玉成接着讲起那个众所周知的笑话：李自成进京以后，捉了个宫廷厨子，让他做一顿御膳慰劳大家伙儿，厨子说我不会做御膳，我只会剁饺子馅儿，说那你剁个馅儿也成，厨子又说，我只会剁馅儿里面的葱。

没想到这个耳熟能详的笑话倒把大家都逗笑了。爷爷、爷爷，再讲个两把弯刀。子书的女儿睿睿在隔壁桌点故事了。

刘玉成还没开始讲，脸上已是笑眯眯。让这个吴爷爷给你们讲个新故事，弯刀你们都听过几百遍了，不要再听了。

不要不要，就要两把弯刀。

就要两把弯刀。三楼的两个孩子也跟着叫起来，看来孩子们已经结成了同盟。

刘玉成啜了一口酒，对吴爸爸说：我先把小的们打发了，我们再来喝酒。说完比比画画地开讲了：这个，地主王老爷呀，有一天吩咐长工张三，长工是什么你们知道吧？嗯，就是长年在地主家干活，吃住都在地主家，年底才能拿回微薄工资的人，王老爷对张三说，张三啊，去，去铁匠铺给我打两把弯刀，一把镰刀。过了大半天，张三回来了，说：老爷，刀我打回来了。老爷拿过一看，这是个什么鬼东西呀？两把连在一起的弯刀？张三说：这是照您说的打的嘛，两把弯刀，一把连到。

孩子们哈哈大笑，大人也跟着笑起来。

这个故事一下子把两桌酒席变成了儿童故事演说专场，因为孩子感兴趣，孩子的家人也跟着感兴趣，剩下来对这个故事不那么感兴趣的就只有二楼的六个大人了，他们有点蒙，不理解大家为何对如此低幼级别的民间故事这么感兴趣。

故事还没讲完，隔壁那桌又掀起了高潮。不知谁说到了秀枝的新衣，秀枝放下筷子，顾影自怜地扯了扯衣襟，指着子夏说：都是子夏给我们弄的，她爸爸身上的羽绒服也是，听说一万好几！遭雷打呀！不穿又浪费，穿了又心疼，我们老都老了，穿这么好干吗？大家七嘴八舌劝慰她，要她想开点，吃好穿好，尽情享福。正在叽叽喳喳，又又突然大声说：外婆，你不要心疼，这衣服不贵，我妈都是在手机上买的仿制品，我看了标牌的，你说的一万多那是原价，实价只要两千多。大家哄的一声都笑起来，子夏瞪着眼睛骂又又：就会拆你妈妈的台！接着也笑了：我们也都是穿这种衣服，很多有钱人也穿这种，衣服这种低值易耗品，现在还有谁要去买真的呀。不过仿制品也有好坏，我给你买的都是高仿，质量比正品还要好，因为它成本低呀，用得起好料。

关于服饰的话题比儿童故事更吃香，参与者也更多，圆圆姐妹俩也加入进去说了两三句，最后发现频道不对，她们喜欢说zara，而子夏喜欢说chanel，圆圆就决定闭嘴，把筷子伸向那盘据说是兔子的东西。她发现熏腊味是个毁灭性的集束炸弹，它把所有的味道都统一成一个味道了，明明是兔肉，吃起来跟猪肉羊肉鸡肉牛肉没什么区别，都是又咸又香外加一点烟熏味。这是她吃的第三块兔肉了，她把它放在唇齿间，努力想要品出一点兔肉的味道来，她很少吃到兔子，但她知道兔子不应该是这种味道，这是加工过的味道。

一抬眼，撞上了爸爸的眼神，原来爸爸一直在看她，这时撇撇嘴，给她一个坏笑，说：兔子好吃吧？

身旁的刘玉成听到了，马上反应过来，把装兔子肉的盘子往圆圆面前挪，圆圆拦不住，捂着眼睛笑。

没想到接下来还要见证大刘家的年度工作总结。

来来来，老规矩，说说大家这一年都干了些什么？我打头阵，我今年一年基本没干别的，上半年准备子建的婚礼，下半年准备过年物资。

圆圆有点纳闷，子建的婚礼，他不就是到日子了去出席了一下吗？哦哦，想起来了，婚礼前两个月，子建说他收到了一笔来自家里的两万元转账，让他们订酒席用的。因为钱只从他们的账号上路过了一下，所以公公今天不提，她几乎把这事给忘了。

子建呢？刘玉成点名了，给我们说说你读书的事吧。

子建盯着桌上的大碟小碗，淡淡地说：读书有什么可说的，总之，我论文结束了，这辈子再也不用读书了。

大家都笑：你已经把世上该读的书都读完了，你是我们家最有学问的人。

唉！子建的目光依旧在那些碗碟上巡视。圆圆熟悉他的这种叹气，那意味着有点累、有点不耐烦、有点无趣，以及一丁点捉摸不定的喜悦。

说说她吧。子建在没有征求她意见的情况下，突然将圆圆推了出去：她今年还做了不少事，她在考高级英语口译，考过了，这个不容易，以后可以给人做实时翻译的，我们这些博士也不一定能考过的。

啊？真的？爸爸放下筷子，两眼放光地望着她。

妈妈更是大声佯骂起来：臭丫头！为什么要瞒着我们？

圆圆谦虚地摆摆手：我也是前不久才得到消息，我也没想到能过，不过是个证书而已，真正的口译还有待检验。

爸爸笑出声来：看来我家要出翻译官了。

刘玉成认真地说：圆圆这么上进，子建更要加油呢。

他很努力的，走到哪里都带着他的电脑。我这不算上进，我学英语的出发点是为了方便看美剧。

事实上，她看美剧并不太多，她学英语另有目的，她有个闺密，英语甚至还不如她，后来嫁了个大学老师，大学老师应邀出国做访问学者，把她也带过去了，她回来的时候，不仅带回一口流利的英文，还带回了一个拥有美国籍的孩子。这让她想起刚刚认识的子建，正觉得他有点木讷无趣，打算在公开前就默默淘汰掉，受到闺密的启发，她突然觉得，事情也许应该换个角度看看，如果子建再往前走两步，她也可以走闺密那条路了，只是这两步有点难，一是博士毕业后进入某所大学，二是进了大学争取能出去做访问学者。虽然还存在很大变数，但她毕竟从中看出了某种可能，她决定赌一把，不赌的话，完全没可能，万一赌赢了，她的目的也就达到了。等候和监督子建往前走的同时，她也没闲着，悄悄学起了英语，为出国做起了准备，就算计划不成功，学了也没坏处。她去某个机构交了学费，学习目的明确，再加上心疼学费，她真的学得很快。

子书呢？刘玉成继续点名。

让姐姐先说，我没什么好说的，我就是上班呗。

子夏坐在另一张桌上，她连头都没抬，大声说道：我不用参加这个年度总结，我又不是这屋里的人，我是你们泼出去的一瓢水。

气氛有点尴尬，里里爸爸说：我来代她说吧，她今年也挺有成绩的。里里爸爸突然没了声音，再一看，子夏正虎着脸瞪着他，那表情太有杀伤力了，一时间，两桌人都屏住了呼吸。

还是子书灵活，及时站了起来：好吧好吧，我先来。他端起饮料喝了一口，清了清嗓子说：我呢，嗯，今年评了个先进个人，名单已经报到系统里去了，电力系统能不能再次评上，那就要看我的造化了。不过我无所谓，评得上评不上，我都那样，认认真真干活，老老实实吃饭。另外就是我们家睿琪今年正式上幼儿园了，这事儿我觉得值得说说，她表现很好，进了幼儿园会自己换鞋，会乖乖地睡午觉，睿睿，爸爸在表扬你呢，人生第一步，你走得很好。另外就是辛苦李莉了，一年到头，睿琪全靠她，我基本帮不上忙。老婆辛苦了。

子书的总结赢得了大家的掌声。子夏好像也意识到自己应该对刚才的冷场负责，掌声平息后，她拍了拍里里爸爸的肩，又摸摸两个孩子的头，对大家说：我是真没什么好说的，我的全部都在这儿，我们都很努力，我们还将继续努力，这段时间辛苦外公外婆了，里里，又又，一起谢谢外公外婆，一起说，请放心，我们会加油的。

没想到姐夫也有话要说，他说他很感动，没想到过年还能以这种形式过，每个人都向父母汇报自己这一年，他说他很庆幸自己有缘参加这个非同一般的聚会，他们本来是准备去欧洲的。

圆圆抢过来说：是的，他们早就计划好了，结果我姐姐这个马大哈，去办签证时才发现她的护照已经过期了，最快也要十天才能完成换新，所以我就跟他们说，不如我们一起去宜都，然后去重庆。

正在感叹缘分，四个小孩不知被谁组织过了，一个接一个过来向爷爷奶奶们敬酒，敬一个，领一个红包，领到红包，就愉快地下桌玩耍去了。每个家庭都领到了红包，除了圆圆和子建一家、姐姐和姐夫一家。

子建说：我能不能替我儿子先预支一个红包？

秀枝说：那怎么行？所以你们赶紧生啊！有了孩子，家庭才完整。

圆圆往姐姐那边瞥了一眼，姐姐正在细品姜丝可乐，姐夫的筷子正在伸向风干鸭，除了这样的场合，这对不打算生小孩的夫妻都挺自然的，他们住在一栋九十年代的破烂老公房里，邻居不是被生活抛弃的老人，就是外地来打拼的快递员之类，她从没听他们说过有换房的打算，有个周末她去他们家，姐姐一个人在看韩剧，姐夫意外地没有骑山地车搞一日游，而是趴在饭桌上津津有味地捣鼓他的软雕塑，她觉得姐夫做出来的东西有点像泡泡玛特里的卖品，就对姐姐说，让他拿去卖嘛，比手掌还小的一个小玩意，可以卖几百块。姐姐往那边瞄了一眼说：我不是没提醒过他，可人家说，我已经把自己的周一到周五都卖了，你还想让我出卖周末？人家就喜欢做着玩，一个月才能做一个，算上材料成本，也赚不了什么钱。姐姐附在她耳边说：他说他想去结扎，这样就不用避孕了。圆圆震惊得好一阵没缓过气来。那你呢？姐姐耸了耸肩。她在想，姐姐跟他到底是志同道合呢？还是对姐夫这种人充满好奇，想要看看他最终会活成什么样才没有跟他离婚的？

饭桌上慢慢安静下来，大家都在看手机，吃饭成了副业，公公和吴爸爸却开始认真地对饮。刘玉成说：现在风气真的不好，走到哪里，都是低着脑壳看手机的人。

吴爸爸说：没办法的事，离了手机人就没法活，电视这种东西已经是老年人用品了。

子建突然大声来了一句：完了完了，医院全部爆满，收治成问题了。

子夏悄悄往旁边移了移：你还好吧？有没有发烧？有没有咳嗽？

子建无动于衷，圆圆以为他没听见，但突然间，他身子一歪，朝子夏那边靠过去：你不知道？我一直都在发烧啊，我全身酸痛无力，我还想吐。子夏闪身跳开，躲到另一张桌上坐下来：没跟你开玩笑，我要离你远点，我们大家真的都要当心点。

你这时候才想起来？晚了！

秀枝站起来打断他们：乱说话！你这个当姐姐的也是，大惊小怪！他要是有问题还能等到现在？又对大家说：我们家人都不会有事，我们家常年有菩萨保佑，昨天晚上，菩萨还托梦给我了，叫我们都不用担心，只要你们不到处跑，就没事。你们放心好了。

但不管她怎么保证，子夏都不肯回到原位了。

里里爸爸很聪明地开了个新话题，掩饰老婆带来的尴尬。我敬爸爸一杯，你把一家人照顾得这么好，让他们一个个接受最好的教育，现在都成家立业了，还在照顾他们，真的非常了不起，你是个好爸爸，向你学习！

此话一出，立即招来大批跟随者，姐夫是最后一个，他端着酒杯站起来说：爸爸！我也跟着子建叫您一声爸爸，知道我最羡慕您哪一点吗？我最羡慕您的幸福感，在我认识的您的同龄人当中，我觉得您的幸福指数是最高的，他们有些人可能比您更有钱、更健康、更有成就、更什么什么，但我觉得他们都不如您幸福，您的幸福由内而外，发自内心，溢于言表，就像一个人酒足饭饱，很自然地打了个饱嗝，我觉得这是最牛的，真的，这可能是我一辈子都达不到的。

哎呀，姐夫你太谦虚了，你们年轻人的幸福才是我所羡慕的，我老了，万事万物皆在离我而去，谈何幸福？幸福何来？

爸爸，不是它们在离你而去，而是你在舍弃那些多余的东西，你只要你的家庭，你给他们盖漂亮的房子，给他们准备好吃的，外面不安全，就把他们叫回来，一大家子守在屋里，有吃有喝有玩，任它外面风吹雨打，你在里面温暖如春，你需要的东西越来越少，你得到的东西却越来越多。

刘玉成激动得站起来：哎呀姐夫啊，你太会说话了，以我如此平凡如此平庸的一个人，你都能帮我找出值得一提的地方，你真是有大智慧的人。

真的，我发自内心地觉得，我们这一辈没有上一辈幸福感强，不信你们问问子夏姐姐，还有子建、子书，他们虽然都受过高等教育，都有好的工作，稳定的收入，美好的家庭，但他们真的没有爸爸您这么幸福，因为现在的一切都充满变数，一切都不确定，就拿我们来说，放寒假那几天，我们还在计划去欧洲的行程，但现在我们却在这里。昨天我们兴致勃勃去盐池河，准备在那里好好泡上一整天，结果只待了不到一个小时。

说到盐池河，你们昨天不该去的。

子夏刚一开口，里里爸爸就往她身边凑了一下，子夏停下来，垂下眼皮，戳了戳碗里的东西，末了还是抬起头来说：好吧，我的意思是说，你们不该去打扰盐池河的宁静，那里的温泉只属于盐池河人，据说他们非常依赖它，外面的人去多了，会破坏那里的水质，破坏他们的保障体系。

眼看场面冷了下来，刘玉成出来救急：子夏你说对了一半，那个水对他们来说是很重要，但他们更需要的还是钱，光有洗澡和不得病是不够的，还得有钱，我们是给他们送钱进去的。

团年饭吃得差不多了，刘玉成说：明天正月初一，大家痛痛快快睡个懒觉，睡好了，我们一起去江边走走，那里有个广场，还不错。

子夏突然大声说：爸爸你还打算带着大家去广场？这也太不道德了！我直说了吧，按规定，从武汉回来的人，与武汉来的人接触过的人，都要自我隔离十四天，你是不知道这个规定还是想明知故犯？不光他们要隔离，现在连我们也要隔离了，我们跟他们一样，这个屋里的所有人，都成了怀疑对象，哪都不能去。我刚才说你们不该去盐池河，正是这个意思，你们去盐池河这一路接触了多少人呀，但愿大家都没事。

刘玉成赶紧打断她：子夏子夏，话不是这么说的，你怎么……

吴爸爸赶紧站起来，合掌抢过话头：不好意思不好意思，带累大家了，给大家添麻烦了，我敢保证，我们一家都是安全的，首先我们住在武昌，武昌这边的情况比汉口好多了，我们很少去汉口那边。而且子建和圆圆很早就去北京了，他们是从北京过来的。其次，我对我们家的免疫能力非常有信心，这些年来可以说，除了单位组织的体检，我们基本没上过医院。这次到宜都来，实在是因为当初有约，如果不是有约在先，我们肯定不会贸然离家。其实我现在也很焦虑，一来给你们添了太多麻烦，二来我在武汉还有很多亲戚朋友，我非常非常担心他们，还好，到目前为止，他们都没事。

千万别这么说。刘玉成使劲拉吴爸爸坐下，我们现在是一家人，一家人就是要有福同享，有难同当，正好是过年，我看这过年跟隔离也差不多，都是一家人没日没夜地守在一起，快快乐乐地大吃大喝。

历时两个多小时的团年饭终于意兴阑珊，饭桌上慢慢只剩下喝酒的刘玉成和吴爸爸。

圆圆看到姐夫悄没声儿地溜了出去，多半是找姐姐去了，就跟了过去。然而并不是姐姐，而是子书，两人面对面站在院子里聊天，子书掏出一盒烟递给姐夫，姐夫抽出一支，子书点燃打火机，姐夫两手扶着子书的手，叼着香烟的脸深深地俯了下去。点着后，抬起头来，望着子书开心一笑。

圆圆直觉，此时此刻，她若出现，他们肯定会分开，就悄悄退了出去。

一转身就碰到了正在找她的秀枝，秀枝笑眯眯说：快跟我来，我交给你们一个任务。带着圆圆来到卫生间，发现姐姐、李莉都在那里。小马的妈妈也在那里。秀枝拉过小马的妈妈说：这是我姐姐，你们叫她姨妈，她出来得晚，街上的理发店都关门了，请你们几位一定帮她把头发弄一弄。

几个女人愉快地答应下来，洗头的，找发型的，执剪刀的，一一领命。大家都不敢执剪，圆圆只好说：那就让我试试吧。其实她是有点把握的，她在家里为姐姐剪过几次刘海。

姨妈的头发不多，头顶尤其稀薄，圆圆建议梳两根小辫作辅助，把头顶弄蓬松些，再把小辫在后面绾成一个小髻。姐姐反对：不是每个人都适合发髻的。她那意思圆圆听出来了，姨妈的气质不对发髻。李莉说：剪短发的话，可考验技巧了。最终，她们决定给姨妈剪个刘胡兰式，操作简单，易于修改，实在不成功，撩起来往耳后一夹，还能有所挽救。圆圆说，要是能烫一下就好了，看上去头发会多一些，显年轻。姐姐说：正好我带了卷发棒。讨论结束，立即动手，她们找来一件雨衣，一把裁衣服用的大剪刀。圆圆操剪，她先在脑后中央部分挑起一绺，剪出合适的长度，再往两边同时推进，在两双眼睛的监视下，基本上没有太大的错误，接下来就是修剪细节。李莉说，要竖着剪，里短外长，自然产生弧度。她说她有小剪刀，于是这项任务又落到李莉手上。接下来上卷发棒，姐姐突然提出一个被忽略的问题：要不要剪个刘海呢？姨妈的前额部分有很多碎头发，根根竖立，倔强如钢丝，似乎很难处理。圆圆说：前面的我不敢乱动，不如留着它吧，就当是空气刘海。大家都笑了起来，无论怎样，姨妈那张沧桑憔悴皱纹滚滚的脸，都跟空气刘海不搭边。

笑声中，小马走了过来，她好奇地看了一眼穿着雨衣挂满卷发棒的妈妈，又看了看笑得东倒西歪的几个女人，什么也没说。姨妈告诉她：她们在给我烫头发。小马面无表情：你还烫头发？擦着她们的身体走了出去。

小马的反应有点不对头，但已没有什么能阻挡她们要将这项集体劳动进行到底的脚步，拆下卷发棒时，她们意外地发现，烫发效果好极了，头发又卷又弹，再抹些发胶将前面那窝“草”与发卷衔接起来，就大功告成。姐姐说，索性给姨妈修个眉吧。大家再次一哄而上，叽叽喳喳，真把姨妈一对散乱的眉毛修成了细细的一条。姨妈在镜子里看了好久，说：我好像不认得自己了。

孩子们听到笑声，寻了过来，姐姐对他们说：评价一下，奶奶的新发型怎么样？又又看了看，突然喊道：妖怪！扭头就跑，另外几个孩子也跟着喊：妖怪！妖怪！

晚上十点，支撑了一天的好情绪陡然回落，各自捧着手机“回家”，客厅里显得冷清了。秀枝有些失落，她准备的年夜饺子还立在案板上呢，挨家挨户点名叫唤：出来，都出来，不吃饺子不许睡觉。听到有人说还饱着呢，实在吃不下去，秀枝的声音转为哀求：少吃点嘛，就吃一两个也行，反正是看手机，就不能坐在一起看？

最终也没一个人愿意出去吃饺子，或是跟大家一起看手机。

二楼的妈妈来到圆圆房间，她让圆圆下楼去看看，跟婆婆聊两句家常。

我不会聊啊。圆圆跺了跺脚。

不会聊就去学啊，不然干吗结婚？给你点提示，你可以跟她聊聊饺子的事，你就告诉她，如果大家都不吃的话，可以留着明天早上当早点。

这谁不知道，还用我说吗？

你说出来了，证明你在帮她操心，你不说，她会以为你既懒惰又不懂事。

我又不需要她来给我打分。圆圆声音小了下去。

她是不会给你打分，但她会影响子建给你打分。

圆圆满心不情愿地拢拢头发，绑上橡皮筋，把手机装进兜里下楼去了。

餐桌边，刘玉成和吴爸爸已经停止了喝酒，正坐在那里抽烟，看得出来，爸爸有点疲倦了。

你说，会不会引起大恐慌？

放心吧，你我都能想到，那些人想不到？

见圆圆不像是下来解围的，吴爸爸无趣地又点燃了一支烟。

这不像战争年代，你知道子弹大概来自哪里，这个东西你看不见摸不着，根本没法躲，只能藏在家里相对安全一点。

任何时候都有个别不怕死的。

吴爸爸的声音听起来好无力，偏偏刘玉成还精神头十足：这么一来，开门红是不能指望了。

肯定不止这点影响。

刘玉成每个想法都被吴爸爸轻描淡写地制服，越是这样，刘玉成就越是想要找出新的话头。

听说死的主要是老年人？

吴爸爸的声音终于振作起来：谁说的？也有年轻力壮的，说到底，拼的还是个人体质，我们家体质都好，因为我们家在吃的方面从来不亏待自己，特别舍得吃，可以说，地球上凡是能买到的各种肉类各种水果，我们都吃遍了。还有一个秘诀就是煲汤，不信你问子建，有一次他对她妈妈说：我发现您的汤锅从来没凉过，只要有人在家，锅里就有汤，一年四季，甜的咸的各种各样的汤，从来没断过。她们姐妹两个，人家一换季就感冒，就要打针吃药，她们除了小时候打疫苗，很少去医院。

这就好呢，这就是给孩子的一大笔财富。

你们还在喝酒吗？不要喝醉了，明天还要接着喝呢。圆圆终于给吴爸爸扔了个救生圈过去，吴爸爸趁机站起来，活动着身体朝二楼走去。

圆圆在客厅找到了秀枝。秀枝独自一人坐在沙发上看电视，面前的茶几上摆着成堆的瓜子花生，糖果饼干，饮料和水果一箱一箱靠墙码放着，像个小百货商店，但她一副厌食的模样，无趣地盯着电视，电视正在播放一个小品节目。圆圆走到她身边坐下，剥开一个橙子，放到她手里。秀枝问：他们这么早就睡？今天要守年呢，要守到转钟。圆圆知道她说的转钟是什么意思，跟外面所说的跨年意思差不多。

秀枝又说：睡了就睡了吧，现在的电视的确不好看，让他们就看手机吧。她好像知道圆圆不过是出于礼貌下来陪她的，就起身说她也要去洗澡睡觉了，叫圆圆也回去休息，留他爸爸一个人守年就可以了。圆圆说：您放心，就算不看电视，他们也都会守年的，不光今晚，之前之后，任何一个晚上，都不会有人在十二点以前睡觉。

上楼前，圆圆听见厨房里有动静，过去一看，小马正在给姨妈洗头。她们没听到她的脚步声。

那些卷卷真的都洗直了？

直了。你就不该给她们弄，她们是在耍你，你看她们敢不敢这样对待小姨？

就你心思多！人家也是出于一番好心。

人家欺负你，你还替人家说话。

这就叫欺负？那我这辈子天天都在被人欺负。

圆圆轻手轻脚退了回来。

第一天

九点多了，整个二楼还是静悄悄的。圆圆睁开眼睛，看了会儿窗帘，还是不想动。她凌晨两点多才睡，七点多醒来，看了会儿手机，困得不行，又睡了过去。子建也跟她差不多，这会儿，他们背对背躺着，谁也不出声，因为出声会冲淡那些消息带来的悲伤。这种时刻，献出自己的悲伤好像也是一份公民义务。

再次睁开眼的时候，已经十点多了，她忍不住碰了碰他：起床吧？他没动静，她支起胳膊，探身一看，子建的手机放在一边，眼睛闭着，眼窝里是湿的。怎么啦？他捂住眼睛，叫她不要理他。她赶紧缩了回来，躺好。

他不是个爱哭的人，看电影都没哭过，老实讲，他能为这种时刻而哭，她觉得不是丑事。

怎么偏偏是武汉？

她明白他对武汉的感情，他在那里读大学，读研究生，恋爱，结婚，他所尊敬的老师，他的同学和朋友，他人生的一切，最后全都落脚在武汉，武汉是他的全部寄托，是他人生的归属之地。

楼下在发出早餐催促令，子建说他不想吃了，要等到中午两顿一起吃，他这么一说，圆圆也不想下楼了，两人接着看手机，直到累极了，不知不觉再次睡去。

他们被电话叫醒，刘玉成声音紧张地通知他们：马上到一楼来开会。

二楼的人陆续下来的时候，一楼和三楼的人已全部聚齐在客厅，公公拿着手机，宣读着一个通知，是宜都市政府的红头文件，通过公公的单位发到他手机上。内容就一个，今天下午五点起，宜都也要封城了，与此同时，各家各户要填报一个表格，春节前后从外面回来的人员，几时回来的，以什么方式回来的，大人小孩逐一填进表格，一个都不能少，尤其是从武汉回来的。

刘玉成念到这里，抬起头来：我们的三峡游肯定是不行了，还有几个小时就封城，宜都封了，宜昌肯定也一样，湖北全境各城镇、各乡镇都封了，也就是说，这段时间我们哪里都去不了，所以你们就安安心心住在这里。先不说这个了，当务之急是如何填这个表。我想过了，南京回来的，我们可以报，因为南京那边形势好，报上去也不会怎样，倒是从武汉回来的，我得征求一下大家的意见，我的意思是不报，你们回来后基本没露面，第二天就去了盐池河，回来也晚，来去都没人知道，我估计，只要我们不报，外面是没人知道的。

报了会怎么样？子建问。

就是不知道我才为难嘛，好像是要集中隔离，我肯定不愿意把你们弄出去隔离，不管在哪里，都不如家里好，起码吃的不如家里，再说，这大过年的，把你们往外赶，我心里过意不去。我还有个担心，隔离的地方究竟安不安全？万一里面有疑似病人，本来好好的反而被感染了。这种时候，谁都不会为你承担任何后果。

子夏说：隔离的地方应该有医护人员值班吧？她拉着两个孩子站在最外围，离二楼刚下来的人群最远的地方。

什么医护人员！就是临时拉起来的一批人，其中有一个我认识，就是我们单位的临时工。他们的任务就是在那里值班，看住那些隔离的人，别让他们跑了。

要不这样吧，吴爸爸说：我们武汉过来的人，一部分去隔离，一部分留在家里，我们人太多了，光是做饭一项就是个大工程，我们走一部分，也算是帮家里分担一点压力。他在圆圆和子建肩头拍了拍：他们两个就留在家里，我和她妈，还有她姐姐姐夫，我们四个人出去接受隔离。

要去我们一起去。圆圆说。

妈妈拉了拉她：听你爸的话。

圆圆越发坚定起来：你们在哪里，我就在哪里。

再也没人说话了。

刘玉成说：都别动，给我五分钟。

他出去了，随手掩上门，但没关严实，屋里的人都能看见他在外面背对着房门抽烟。吴爸爸也出去了，也掏出一根烟来。从他们偶尔转向对方的身姿来看，这次交谈不像以往，以往他们总是既殷勤又客气，而现在，他们平等地直视着对方，像两个冷静的对手，谁都不肯轻易败下阵去。一根烟抽完了，刘玉成扔掉烟头，果断转身。

他们一前一后进了屋。

我决定了，我们不报。武汉的亲人们你们也不要有其他想法，你们是我千呼万唤请来的，我一定会对你们负责到底，不过这几天你们得受点委屈，白天尽量不要出来，尽量不拉开窗帘，不要给外人看到，尤其不要给别人听到你们的武汉口音。

要是别人来串门看到了呢？子夏问。

不会有人来串门的，通知上专门强调了，不许聚会，不许串门，只能视频拜年，电话拜年，外面已经有人在巡逻了。

藏起来也是有风险的，这种时候违抗命令可是犯法的，你再仔细看看通知。子夏继续提醒，除非你能保证百分之百不会让人发现。

子夏的意思再明显不过了，圆圆摇摇子建的胳膊：要不，你留在家里，我跟爸妈还有姐姐姐夫出去。

子建说：听爸爸的。说完瞟了子夏一眼，不满的情绪已经相当明显了。

都别再说了，我做主了。刘玉成环顾四周：我是主人，保护我的客人天经地义。退一万步说，就算被发现了也不要紧，我在这里生活了一辈子，人头熟，无论如何也不至于把我怎么样。

从一楼回来，二楼的吴爸爸马上组织召开了一个小会。

听我说，情况跟我们来的时候相比已经不同了，不过，一切都在我的意料当中，现在你们知道了吧，拿掉车牌照是多么高明的举动！其实我也是跟我领导学的，他每次回老家，都要摘掉车牌，他是怕人家拍照传到网上去。现在我要你们也开动脑筋想一想，接下来，我们还可能遭遇些什么？怎么应对？这个思想准备一定要有。

圆圆说：大不了被他们发现，把我们赶去隔离呗。不见得是坏事，最好是官方出面把我们遣送回武汉。

姐夫说：我也想回去。

姐姐说：你们是不是理解能力有问题呀？你们能说说什么叫封城吗？

妈妈说：他们封城，是怕武汉人出来，但我们是进去，应该没问题吧？

姐姐突然高声起来：不是进不了武汉，而是根本没法上路，刚才那个通知你们没听？

几番争论，终于明了，想回去，基本上是不可能的，就算能偷偷摸摸出城，也难保不在路上被发现，那样的话，真不如藏在这里，至少有公公一家帮忙周旋。

那就得有新的规则，我们原来预定是在这里待到正月初二，三四天人家服侍我们吃喝没啥大问题，时间一长，谁也受不了，从现在起，日常饮食，洗衣服，做清洁，都自己负责，除了各人房间的清洁，还要打扫二楼的公共区域，还要去一楼帮忙做点事。还有，要及时打钱给人家，不能让人家为我们花一分钱，这一点尤其重要。

圆圆对子建说：吃团年饭的时候我给你爸爸转了一万。她拿出手机，要找转钱的证据，这才发现，公公居然没收，钱又给退回来了。这几天天天被各种信息狂轰滥炸，竟忽略了这条信息。

子建惊叫道：你为什么要给他一万？

我还不是怕给少了你没面子。

你真是！又不是外人，讲什么面子！再说，他们知道我还是学生。子建的脸都急红了。

好了，孝敬父母也是应该的。妈妈拍了拍子建的背。

她做事就是这样！不知轻重！

你知道轻重，你给呀！你又不给，人家给了你还要骂人家，真是个小气鬼！

姐夫拍拍圆圆的肩：好了好了，不要吵了！既然不能走，那就赶紧去趟超市，极有可能会抢购，或是关门，到那时，拿着钱买不到东西，那才真是完了。

那赶紧去呀。妈妈说着就要换衣服，又吩咐爸爸列清单：卷筒纸，千万别忘了卷筒纸，多买些米面油，起码要有饭吃。不要让亲家母知道，他们要是知道了，可能不会让我们出钱。

姐姐到底是最冷静的：又忘了又忘了！不是叫你们千万不要出门的吗？你们这一出去，不是全暴露了？

这话让大家都呆住了。

找子书！圆圆想起姐夫几次跟子书在一起闲谈的画面，摇着姐夫的胳膊：让子书帮忙！

子建也嚷着说要去找子书，但姐夫已经拿着清单先他一步下去了。

姐夫很快就上来了，说子书一个人去了，怕别人听到他的武汉口音。大家黯然片刻，又开始讨论那些来自网上的消息，基本上每个人都有来自武汉的一手消息。姐夫时不时就打一个电话回去，叮嘱他的爸妈和妹妹，千万不要出门，他会想尽一切办法回去。等他讲完电话，妈妈对他说，以后不要开这种空头支票了，你回不去的。姐夫好像也知道这一点，垂下眼皮说：他们大约也知道，我实在不知道该说什么。

不到一个小时，子书回来了，大家一起围过去，清单上的东西基本都没有，就连大米，也只买到一袋十斤装的。子书说：最后一袋了，面粉倒还有很多，我就多买了点面粉。

妈妈惊呼一声：米都没有了？这意思是已经开始抢购了吗？

屋里的气氛再次紧张起来，秀枝一边喊不要紧，一边直呼阿弥陀佛：幸亏我年前跑了好几趟，总共买了七八袋米。

一袋有几斤？

十斤。

我们这些人一天要吃几斤？

小马在厨房那边喊道：小姨，我们还有六袋米，吃十天应该没问题。

刘玉成脸色陡变：你怎么搞的？才买了这么点？不是叫你备得足足的？

秀枝给吓出了又细又软的小女孩声音：谁能想到会变成这样？以往春节期间超市最多只关门一天半。

刘玉成一脸紧张地去了他的房间。他在给什么人打电话，似乎是在找他的农村亲戚买米。吴爸爸提醒他：就算买到米了，怎么运回来呢？听说已经有了路卡，村与村之间禁止通行了。

刘玉成听了这话，刚刚挂上的电话又打了过去：我跟你说啊，你不要走大路，大路上有路卡，你要走小路。啊？你在那里土生土长几十年，连小路都不知道？鼻子下面就是路，你一路问也要把米给你舅爷爷送来，不然会出大事。舅爷爷这辈子没求过你，也不会再求你第二次，好了，就这样。

刘玉成又拨了一个。还是买米的电话，大概他觉得刚才的那人不靠谱，这回他另找了一个人。

不一会儿，他出来宣布：好了，米的事搞定了，我跟他们说了，能搞多少搞多少，多多益善。除了米，家里有多余的菜，也尽量给我们多送点来。大家放心，我们这里离农村近，不管怎么封城，我们的生活不会发生问题，实在不行，我们去一趟附近的蔬菜基地，直接找菜农买，比在超市买更好。

当天晚上，三楼的子夏一家没有下来吃晚饭，餐桌上冷清了许多，秀枝先是在电话里催了两遍，后来又专门上去了一趟，下来时脸上很不好看，见她这样，刘玉成也上去了一趟，回来时还是一个人。等刘玉成吃完，吴爸爸把他叫到客厅那边，两人谈了起来。

从餐桌这边看过去，能看见刘玉成在不停地摇手，吴爸爸在诚恳地解释什么，一只手在刘玉成肩头拍啊拍的，就像刘玉成是个受了委屈的孩子，正在向他倾诉。

刘玉成在叫秀枝，秀枝一脸紧张地跑过去，不一会儿，就看见秀枝在揩眼泪，吴爸爸又像刚才拍刘玉成那样，在秀枝肩头拍啊拍啊，最后，秀枝擦干了眼泪，向吴爸爸作了两个揖，正要来第三个，被吴爸爸死死拉住了。

我们对不起你们！不该这么做的，这么做要招报应的。这边一安静，那边的声音就大了起来，大家都听见了，秀枝的声音湿漉漉的，带着哭腔。

吴爸爸拉着秀枝的手：说什么呢！千万别这么说老姐，我喊你一声老姐，我们这些人算什么？一天比一天老，一天比一天接近废物，孩子们才是值得指望的，为了孩子，我们做什么都值得，一切为了孩子。就这么定了，让孩子们下来，我们隔离。

听爸爸这么一说，圆圆糊涂起来，大家不是已经在隔离了吗？怎么还要隔离？怎么个隔法？

吴爸爸回身上楼，在楼梯上向两个女儿做了个眼色，两个女儿心领神会，不动声色地叫上自己的丈夫，依次上了楼。

爸爸没进房间，就在小客厅等着，人一到齐，爸爸就说：我没说错吧，从现在开始，形势会不断有变化，外面有外面的变化，室内有室内的变化。子夏一家不想跟我们同桌吃饭了，理由是两个孩子免疫力本来就低，不敢冒险，我心里当然不舒服，但我觉得我们不应该表示不满，毕竟这里是人家的地盘，我们又是从武汉来的，这就像是原罪一样，不如暂且忍一口气，就依她的，我们在二楼原地隔离，等十四天期满后，看她还能怎么说，最好那时封城令已经解除了。

尽管已经猜到是这么回事，圆圆还是气得涨红了脸，扭头对子建说：你姐姐怎么是这样的人，太讨厌了。子建眨巴着眼，什么话也说不出来。

别说了圆圆，大家都别说了，换位思考一下，如果你是人家，你会怎么做。爸爸像个总指挥一样，踱了几步，回头对大家说：二楼其实还不错，空间不算特别小，大家就安安心心待在二楼，不要下楼，更不要上楼，过几天饭来张口衣来伸手的日子，该看电影看电影，该练瑜伽练瑜伽，该打牌打牌，开开心心熬过这十四天，然后就没事了，就自由了。

深夜，子书和姐夫偷偷摸摸在堆放过年物资的储藏室里碰头。这已经是他俩的第二次碰头了。

第一次是从盐池河回来的那天，已经很晚了，所有人都睡了，屋里安静得像一口锅。二楼响起门把手轻轻转动的声音，姐夫提着鞋从二楼蹑手蹑脚下来，看到等在一楼楼梯口的子书，咧嘴一笑。他本来就黑，昏暗中几乎看不见他的脸，只见白牙闪烁。

两人轻手轻脚来到储藏室，子书关上门，打开灯，从冰箱里，拿出花生和两碟冷菜，姐夫咬开两瓶啤酒。

放开喝吧，不用开车了。

子书灌了一大口啤酒，说：其实我喝了酒也能开车，但我怕吓着他们。

宜都不错，山清水秀，这几年发展得也可以，在变电站工作更是赛神仙。

子书埋头吃鱼冻，这是他妈妈每年过年必做的拿手好菜，吃够了，放下筷子，叹出一口气：是啊，是很好，我从没觉得我过得不好，就是觉得太简单了，不操心，不费力，生活真的就这么简单？这么轻松？有时我会想，会不会我过的是一份假的生活？

你说简单，是怎么回事？

就是很简单啊，完全不用动脑筋，上班呢，永远面对那些按键，我想我死了都能背出那些按钮的颜色和顺序，下班后去食堂，每天的菜谱都不一样，但每周会循环一次，没多久我就把一周的菜谱背下来了。然后我两天回一次城，五里多跑，不算远，春夏秋冬，天晴下雨，都是那一条路，路边有几户人家，屋里有几个人，那个老婆婆有几套衣服，我都清清楚楚，老婆婆也认得我了，几次都蹭我便车，上了车，她不说话，我也不问她，到了目的地，她喊停车，我就停，她下了车，不回头，也不谢我，抬脚就走。下次我依然带她，依然是互相不说话。

你不觉得这很美好吗？像沈从文的湘西。

去你的！永远不可能有什么陌生的东西了，连期待都不可能有了，跟无期徒刑没什么区别，有时开着开着车，都要睡着了。

我要是你，我就放弃开车。我现在每个星期骑车出城一次，除非大雨，从不间断。时间一长，我遇上了几个同好，也看了好多一般人看不到的美景，别小看美景，有时它真能帮你释放一些浊气。

对你有效，对我不行，你是要冲破钢筋水泥的牢笼，回到大自然中去，我本来就在大自然中，我每天都是在鸟鸣和牛铃声中醒来，又在虫鸣中睡去，我倒想开着车冲向钢筋水泥呢。

去呀，去武汉找我。

我真的会去的，我一定要去的，我去了就去找你。

当天晚上，他们总共喝了十瓶啤酒，吃光了三盘冷菜，上楼睡觉的时候，姐夫只能扶着楼梯栏杆往上蹭，子书在下面低声笑：你行不行啊？姐夫抱着栏杆说：没问题。人却不知不觉滑了下去。子书跑上去，拉过他的手臂，往自己肩上搭，姐夫像头死猪样朝他压了过去。

然而这一次，气氛跟盐池河回来的那一次完全不同，这次他们没有喝酒，他们一直在小声地讨论路线问题。

子书说：我的理解是，高速应该没有封，封掉的可能只是进城的闸口。高速怎么能封呢？它并不是唯一通向武汉的路，它是国家公路网上的一段，不可能封的。没有高速公路的时候，我以前坐过开往武汉的长途汽车，不知道那些路现在还在不在，后来那么多建厂的，盖房子的，我没亲眼见，真不好说。

高速要是没封那就太好啦，至于进城，我们可以这样，你送我到高速路口前几百米远的地方，然后我下车步行，再相机行事。

我送你没问题，我印象中有个地方上高速可以不被发现，不知现在还行不行。不过姐夫，你要想清楚，你回到家以后风险可能更大。

对我来说，不回去的风险才是最大的，与其今后想起来就内疚，不如现在拼力一试，实在不行，我也无憾了。

我能理解你。我们单位出过一次事故，死了两个人，当时值班长不在，后来他再没回过家，一年三百六十五天待在单位，他爱人周末带孩子去看他，开始一周一次，后来两周一次、三周一次，现在已经很难看到那母子俩了，但他还是不肯回去。

他这事跟我的还不完全一样。

内心的烈度是一样的。

烈度？对的！

两个人笑起来。

真好！我本来以为跟亲戚在一起会非常无聊的。

不是亲戚无聊，是有些人无聊。你刚才说你在变电站有宿舍？你老婆也住那里吗？

不，她住在城里，她不动，我两头跑。

很好！我非常赞同婚内阶段性分居。

我们没有婚内分居。

事实上已经分居了，合理合法的分居，名正言顺的分居。

我的婚姻没毛病，不需要分居。

如果没毛病，对分居会表现出不适的表情，如果有毛病，则说明分居刚好治愈了你的毛病。

子书不说话了。姐夫问：你真的不怕他们骂你？

你该操心的是你自己，如果你真的一走了之，你老婆会怎么想？你岳父岳母一家人会怎么想？

他们不会特别介意一块废柴的行动。

在他们眼里，什么样的人才不是废柴？

如果我能弄个教研室小组长当当，或是弄个美术教室忽悠几个学生来上上课，他们就不会认为我是废柴。

这应该不难吧。

是不难，但我觉得很无聊。

子书抬起手，在姐夫肩膀上狠狠拍了两下：我送你！我觉得我们已经不仅仅是亲戚了，我们是废柴联盟。

你才不是废柴。

我只是在他们面前装得不像废柴，其实我内心里废得不要不要的。

对不起哦子书，本来不该劳动你跑这一趟的，实在是，岳父他不该把车钥匙藏起来的，他以为没有车钥匙我就会彻底认输，他不知道，真正的废柴从不认输。

别说了，我的荣幸。你下令吧，我们什么时候走，我认为不宜太早，发动机的声音会把他们吵醒，也不宜太晚，那时候他们的睡眠就没那么沉了。

他们决定不再回到自己房间，那样会把各自的老婆吵醒，他们决定就在储藏室里打个盹，凌晨三点准时出发。

时间到了，他们随手拎了些水和食物，检查了手机和充电线，就摸黑来到车边。汽车发动的瞬间，他们几乎相信整栋房子都被惊醒了，姐夫吓得弯下身子趴在座位上，子书咬紧牙关，小心翼翼地驶出自家地盘，拐上小路。终于驶上大马路时，两人情不自禁地喊出声来。回头一看，他们的家依然在昏暗中沉睡，没有一扇窗户是亮的。

姐夫探出身子，大口呼吸凌晨三点多的新鲜空气：这就是自由的味道！

不，这是犯规的味道！

这两种味道是差不多的！两人哈哈大笑起来。

第二天

刘玉成睡觉的时候，下巴撅得高高的，让人忍不住生起恶作剧的念头，比如往他朝天的鼻孔里灌点什么进去。他爱打鼾，鼾声虽不响，却纤细绵长，无边无际，似乎那一口气将他送进了幽暗的冥府，再也转不回来了。如果有人在他旁边醒着，不是被折磨得发疯，就是提心吊胆，恨不得照他脸上来一拳，及时将他唤醒。

秀枝照例早起，她听了一会刘玉成又细又险像要断气的游魂鼾，毅然揭开了被子。

昨天又有人起来消夜了，碗筷脏兮兮地丢在灶台上，她挽起袖子，洗了起来。小马的妈妈听到动静，也过来了。

当真是前三十年睡不醒，后三十年睡不着啊。小马妈妈用这话当着早上的问候。

秀枝说：劳碌命，时候一到就睡不着了。

两个老姐妹在厨房里不紧不慢地收拾。小马妈说：下一代不会有劳碌命了，你看他们睡得多好啊。我家笑笑从小到大没起过早，每天都睡到日上三竿，在你这里是个例外。

那是因为笑笑的工作不需要早起，你看看子夏，每天六点准时起床，两个小的要打发到学校去。跟我一样的劳碌命。

子夏的姑爷看起来是个勤快人，子夏将来要享福的。

秀枝不吭声了。

小马终于打着呵欠过来了，看到两个长辈已经把厨房收拾得清清爽爽，决定先去梳洗。

三个女人开始了头一轮早餐。煎鸡蛋，米酒圆子，吃得热乎乎的。按照昨天讨论出台的新规，三楼和一楼的人在一楼集体用餐，二楼的饭菜要像送外卖一样，一样一样装好，用托盘送上去，这就是子夏倡议的大隔离下的小隔离。

小马突然说：小姨，要是他们真有问题，我们已经中枪了。

瞎说！放心吧，我们家有菩萨保佑，不会有问题的。

正说着呢，秀枝手中调羹一滑，掉到地上，破成了好几块。

要死！我几年没打破过东西了。

她弯腰去捡，一不小心，又带翻了一只碗，还好是不锈钢碗，没有摔破。秀枝蹲在地上想了想，开始喊子书。

无人应声，子书的媳妇李莉一脸睡意地出来告诉她，子书不在家，留了个字条，说是买可乐去了，买回来煮姜丝可乐。

这么早？家里可乐喝完了吗？

您找他有事？那我打他电话吧。

不要打不要打，让他专心开车。

十点多的时候，二楼开始找姐夫。

姐姐过来敲圆圆的门，问：你姐夫不在你们这儿啊？

他为什么要在我们这儿？圆圆堵着门，没让姐姐进去，说子建昨天睡得很晚，现在还没醒。姐姐不高兴了：谁睡得不晚啊？都是很晚才睡。

人家睡得晚是在看文献，我们睡得晚是在看手机，是在消遣，不一样的。

切！别太当回事我跟你讲，太当回事要出问题的。姐姐转过身，披头散发地走了。圆圆追过去，问姐姐：怎么一大早就找人？吵架啦？

姐姐摇摇手，她打通了姐夫的电话：你跑哪儿去了？厕所也没人，掉到下水道里去啦？好吧好吧，你一个人待着吧。姐姐不耐烦地挂了电话，对圆圆说：人家说他闷得很，想找个角落一个人待会儿，就像我蛮喜欢缠着他似的。

这里能有什么角落让他一个人待着呢？圆圆四下里看了看。

行了，不管他了。人家舒服得很，我们还操什么心啊。

两人决定去爸妈房间聊聊天。走廊上，姐姐说：这样也好，省得下楼，省得寒暄，真正的饭来张口衣来伸手。

爸爸半躺在床上看手机，妈妈坐在窗户下面，借着窗帘缝透过来的光线剪指甲，两个女儿一进屋，争着脱下鞋子，让妈妈顺势帮她们剪指甲，剪完手指剪脚趾，剪完脚趾再掏耳朵。爸爸眼皮都没抬。只要她们娘仨在一起，就是他的幸福和自由时光，他喜欢她们像对待空气一样对待他，而他耳朵里满满的都是她们的叽叽喳喳。

后来，她们传过来的一段对话引起了他的注意。

你的子建怎么回事？这是他的家，他不应该当好主人吗？结果他既不像主人，也不像客人。

我懒得理他，他现在日夜颠倒了，晚上工作，白天睡觉，我们唯一都醒着的时间就是下午那会儿。

叫子建不要那么勤奋了，再忙也得有个年，叫他拿出主人的样子来，喊上他姐夫，陪陪他岳父岳母和姨姐，一起说说笑笑，搞点娱乐，毕竟是过年，过年就得有过年的样子，搞得就像他根本不存在一样！

怪不着子建，姐姐说了，姐夫人家就想一个人待会儿。

那是因为没人陪他玩呀。

他俩玩不到一起，对不上频道，管他呢，我们玩我们的，他们自己随意。

爸爸插进去说：去，把两个男人叫过来，我们来搞一张牌桌。

姐姐说她再去找找看。

从脚步声能听出来，姐姐去了卫生间，很快就出来了，又去了他们的房间，还去了圆圆的房间，然后，姐姐一脸凝重地出现在刚才的位置：臭小子好像不在二楼，他躲起来了，还是逃跑了？

他又没车，能跑哪去？幸亏我把车钥匙拿过来了。爸爸有点得意。

圆圆想起前两天她看到姐夫跟子书总凑在一起，就提示了姐姐。姐姐说：难道他去了一楼？哇，子书这么好？竟然不嫌弃他这个正在隔离的人？好吧好吧，我们也不要找他了，张扬起来，子书不好做人。

圆圆说：姐夫只做个美术老师真的可惜了，你看他适应能力多强啊，刚到第二天，就交上了子书这个好朋友，你再看看我们子建，在自己家里都找不到存在感。

你们子建是做学问的人，学者不需要社交，人家会主动来找他，来求他。

圆圆撇了撇嘴。

二楼的午饭送上来了，这是第二顿隔离餐，第一顿是早餐。刘玉成专门从一楼搬了一张小号圆桌上来。刘玉成和秀枝负责上菜，一人端一只大托盘，每只托盘里两三个菜，外加一锅饭、一瓶酒。秀枝解释：本来准备给女士们煮姜丝可乐的，子书去买可乐了，现在还没回来，打他电话，说是超市没有了，想去其他地方找找。

圆圆小声对姐姐说：听到没有？他们肯定在一起，偷跑出去耍去了。

吴爸爸一一接过托盘里的菜：太麻烦了，以后弄一个小火锅就行。

那不行，吃饭是头等大事，不能敷衍。爸爸先不慌着吃哈，我去搬我的餐具，无论如何，我得陪爸爸喝两杯。刘玉成转身下楼，很快就搬来一张四脚方凳、一只小矮板凳，搁在二楼楼梯口，秀枝在后面端着一只小号托盘，等刘玉成把方凳摆好，秀枝再把托盘放上去，试了试，很稳当。刘玉成往矮板凳上一坐，笑嘻嘻地说：以后我就在这里陪爸爸喝酒啊，怎么觉得有点像古装戏里的皇帝和臣子啊？哈哈哈！吴爸爸说：这不好吧？不好不好，你还是回到一楼去，不用管我，你放心，我一个人也能喝酒，说不定还喝得更多。真的，你下去吧！

刘玉成不由分说给自己倒了一杯酒，啜了一口说：你想想，我们的初心不就是趁这个机会好好喝两杯吗？病毒也好，隔离也好，人和人能隔离，嘴巴和酒杯不能隔离，无论什么情况下，我们都不要停止喝酒。

说得好！吴爸爸也爽快起来，我们不改初心，喝！要不我们买这么多酒什么时候喝？过年不喝酒还能叫过年？不过，你确定我们俩一定要隔这么远？有点没劲哎，差一点说话就要用麦克风了。

刘玉成看了看，起身把四脚方凳往吴爸爸那边移了十厘米，满足地坐下来：好了，好多了。

吴爸爸嘿嘿直笑，他知道刘玉成怕他大女儿，那个大女儿哪里像个女儿哦，简直就是大老婆。

秀枝又跑了几趟，把各种酒都搬了上来，让他们想喝哪种就喝哪种，又去弄了好几碟可口的下酒菜，每样都分成两碟，临走时乐呵呵地吩咐：今天有特许，可以喝醉！

刘玉成一本正经地说：保证完成任务！爸爸，我们从哪种开始呢？

吴爸爸这时眼睛已经发亮了，却故意克制着：你选吧，都不错，这顿我随你，下一顿我来选。

刘玉成不客气地举起汾酒：要我选是吧？那就是它！

一瓶汾酒干干净净倒进两只大玻璃杯里，一人一半，分毫不差。刘玉成先举杯：实在过意不去，第一次进我家门，只能在这么简陋的饭桌上喝酒。

吴爸爸说：我要感谢你，在这清理人户的关键时刻，你把我一家藏了起来。

刘玉成也不客气：多亏我有这个房子，否则，就算我有这个心，也是空谈。

是啊，亲家你这房子哪里都好，就一点不好，离武汉稍稍远了点，再近那么一点点，我以后每个周末都来跟你喝酒。

这么说吧，等我把民宿搞起来，等我赚了钱了，我把它搬到武汉去，哈哈哈，我又开始做白日梦了。不瞒亲家，前几年为了两个孩子，我错失了好多赚钱的机会，现在没有任何负担了，我真的有心重振旗鼓。

一点不错，我也错失了好多机会，我算过一笔账，我至少错失了五百万元。你想，我天天跟老板在一起，我听来的小道消息有多少？我听他们谈股票，哪个哪个要上市了，哪个哪个要大涨了，听他们谈开发区，哪里哪里的破农舍赶紧买一个，过个年就能换两套房，我没当真呀，因为听得太多，就不那么敏感了，有时还怀疑，因为他们有时也就那么一说而已。总之，发财也要命里有，命里无有莫强求。

我担心的就是这，我怕当我终于觉醒过来想赚钱的时候，钱已经不是那么好赚了，你看这形势。

什么形势下都有人赚钱，你看现在多少人改行去做口罩去做消毒水？只要有行动，总能赚到钱。

不一定哦，我就是个懒人，不爱动，当年像我们这种半边户，好多人去活动，去打点，最终把户口转了，就我没动，秀枝拼命埋怨我，事实最终证明，懒人有懒福，那些转了户口的，只不过得到一纸空户口，没有工作没有收入，还把自己的宅基地丢了，如今见我盖房子，都眼红得不得了。

关于这个故事，吴爸爸已经完完整整听过两遍了，又不好直接打断他，就催道：酒瓶空了呢，要不要再来一瓶？

刘玉成也爽快：来一瓶就来一瓶，谁怕谁！

咕嘟咕嘟倒满两大杯，刘玉成又一脸羞赧地回到房子上来：我说实话你不许笑我，当初盖这个房子，就只有一个目的，我要大，尽可能的大，盖好这房子后，我第一个把子书当年的老师请来看了（他就住在这附近，他的房子没我的大），以前我一家大小六个人在城里住六十多平方米时，他来我家家访过，后来他在语文课上教孩子们用“虽然……但是”造句，他举了个例子：虽然刘子书家很小，但很整洁。子书回来告诉我了，我一听，妈呀，我一个男子汉的自尊心！从那以后，我就一直想着，在我有生之年，我一定要改善我家的住房状况。

唉！共饮一轮后，吴爸爸深有感慨地说：难怪我们会做亲家！你知道吗？圆圆在小学时体育成绩不是太好，但是，她很骄傲地跟我说：爸爸，我爬楼梯在我们班最快！你知道是为什么吗？我们家住老房子，没有电梯的那种，而且在顶楼，后来我就一心一意想要搬进电梯房，结果她初二的时候我真换进了电梯房，不过说来也奇怪，她们姐妹俩现在反而都喜欢多层的，不喜欢带电梯的高层了。他看看里面，小声说：圆圆她姐姐两个人现在就住在那种老房子里，人家说，那种地方有烟火气，亲切！我还在惭愧，不会是她们小时候的经历留下的精神创伤吧。

不会不会，年轻人就是这样……

还没说完，一楼传来一阵异乎寻常的喧闹声，很快涌向二楼，秀枝冲在最前面。

你们还在喝酒啊？出事了！刚刚李莉接到消息，我们子书，送姐夫回武汉去了！秀枝的声音打着抖，最后几个字几乎是带着哭腔喊出来的。

李莉抢着说：我问他买可乐怎么去了这么久？然后叫他顺便带点纸巾回来，他才说，他在高速路上，快要到武汉了，还说之所以留个字条撒谎，是怕我们发现得太早。

吴爸爸已经喝得满脸通红，连眼睛都红了，但他还是没忘记死死守住隔离线。这会儿他踩着线，又是摇头又是摊手：从盐池河回来那天晚上，他就说他想回去，我还骂了他了，把车钥匙也给他藏起来了。

李莉大声说：正因为他没有车钥匙，才叫我们子书送他的呀。话里的埋怨已经相当明显了。

没想到他会想这个办法。对不住大家啊，是我无能，没把我的人管住，连累子书受苦。

不是这个意思。秀枝尽量客气，我们只是有点担心，子书眼睛不太好，平时只跑过短途，从没跑过长途。

孩子不听话，给大家添麻烦了。吴爸爸再次道歉。

没事没事，年轻人闲不住，就想趁这个机会出去耍。刘玉成安慰吴爸爸，同时把一楼的人往下赶，你们慌什么呀，多大个事！反正又不着急回来上班，跟姐夫在一起有什么好担心的，随时跟他保持联系就可以了。

一楼的人刚一离开，二楼的人集体质问姐姐：你居然一点都不知道？你怎么会一点都不知道？

姐姐倒笑起来：他不告诉我，我怎么知道？你们看我干什么？我们没有吵架，也没闹离婚，我们一切正常。要我说，走了也好，至少我们家有一个人获得了自由，有一个人可以看到外面现在到底是怎么回事。

这下把事情搞复杂了。吴爸爸望着窗帘缝里的外面说。

当天晚上，刘玉成又搬来了他的小方凳和小圆凳，找吴爸爸喝酒来了。

讲真心话，对这两个偷跑出去的小伙子，我怎么一点都不生气呢？

我也不生气。吴爸爸真诚地说，如果他们成天躲在家里，只知道睡懒觉打游戏，我可能更生气。

我也这么想，我们子书，是个非常孝顺的孩子，见姐姐哥哥都不在我们身边，主动要求分到离家近的地方，其实远一点对他更有利，平时待人也很和气，领导也好，同事朋友也好，都对他印象很好，年年都是先进，我知道这个先进不值钱，但不是先进不是更不值钱吗？我的意思是，他一直都很乖，很听话，我完全没想到他会做出这种事来。

我这个女婿，是个很有想法的人，站在成家立业的角度，他不是最出色的，但作为一个男人，我是很欣赏他的，心胸开阔，开朗活泼，跟他在一起，永远不会觉得无聊。

这天他们各自喝着不同的酒，刘玉成放肆地喝着自己珍爱的汾酒，吴爸爸喝着从武汉带来的葡萄酒。刘玉成说：你说，他们会不会也像我们现在一样，正在喝酒呢？

吴爸爸掏出手机：问一下就知道了。

电话通了，吴爸爸问：这是什么声音？你们不在家里？带着子书在外面逛？好吧好吧，注意安全，人多的地方不要去，医院附近不要去，嗯，我放心，你们这么大两个男人我有什么不放心的。

挂了电话，告诉刘玉成，两人正在外面闲逛呢，说要带子书逛遍武汉三镇。

好啊，正好现在路上人少车稀。

所以我就说不用担心嘛，现在的年轻人，会生活得很！

第三天

早上八点，子夏把两个孩子从被窝里拽出来，一人一大杯温盐水，监督他们咕嘟咕嘟清洗口腔和咽喉。两个孩子今天格外听话，因为昨天挨了打，他们玩躲猫猫，从三楼玩到二楼，最后是在吴爸爸的房间把他们找出来的。她一个字没多说，扑上去就拧住两个孩子一人一只的耳朵，像提溜两只小狗一直提溜到三楼，又又哭惨了，他的耳郭快给捏碎了，里里的稍微好一点，因为子夏心里有数，里里跟又又不一样。她继续威胁他们：再去二楼，就不是拧耳朵，而是把腿打断！

漱完嘴，里里问子夏：为什么我们不能去二楼？

因为这是规定。

为什么要有这个规定？

规定就是可以不解释。

我们什么时候可以出去玩？

十四天以后。

为什么二楼的人不跟我们一起吃饭？

好了，你今天已经问满三个问题了。

为什么我只能问三个问题？因为你只有三个答案吗？

对，我每天只能给出三个正确答案。

那你的容量真够小的。

在两个大人的监督下，两个孩子垂着两手，与楼梯扶手保持两只手掌的距离，与墙壁保持两只手掌的距离，规规矩矩走在楼梯中间。

早餐比较丰盛，馒头，花卷，汤水丰富的盖浇面，煎鸡蛋，榨菜，自制的豆腐乳。开饭之前，刘玉成再次给子书打电话，这已经是今天早上第三次打他电话了。

还没找到路？导航不管用？他捂着话筒对饭桌上的人说：子书想回来，武汉那边不让出城，他想找个没人把守的路口，找了几个小时还没找到。又转脸去对子书说：你不急，小心点，慢慢开，我当然不急，你妈妈急，哭了好几场了。好，我把电话给她。

秀枝早就站了起来，一把抢过话筒：子书啊，你要是出不了城可怎么办哪？你口罩戴好了吧？手套戴好了吗？千万要小心啊，你有没有吃的？还有，路上要是有人搭便车，千万别理他，啊？你到处找出口，那个人有没有跟你在一起啊？对，叫他陪你，都是因为他，才害得你这样。

打完电话，秀枝食欲全无，一脸忧愁地坐在餐桌旁。

李莉安慰婆婆：不会有事的，子书开车蛮谨慎，到目前为止，一张罚单都没收到过。

刘玉成也说：自己的孩子还不了解？我们子书，从小就不是那种毛躁人，他小时候穿衣服，两层衣领不理整齐不出门。他哥哥完全相反，扣错扣子能错一天。

都是被武汉那小子蛊惑的。子夏说，我对那小子印象不太好，那天又又不小心撞了他一下，他居然使劲拍打自己的衣服，像我们又又多脏一样，他才脏呢，也不想想自己从哪里来的。

刘玉成叫她小声点，别让楼上听到了。

听到了又怎样？一个成年人对孩子不说要有爱护之心，起码不要那么凶狠，孩子又不是有意的。

里里爸爸也给她一个眼色，示意她不要再说了，她反而提高了声音：你们总是这个不敢得罪那个不敢得罪，结果呢？好脾气给你们带来了什么？像我爸，脾气好，人也好，把人家全家都接过来，好吃好喝供着，你以为这样真的对子建两口子的感情有利？未必，我告诉你，现在不需要婚姻的人越来越多了，你这样做说不定还帮了倒忙呢，亲家这种关系，可望而不可即是最好的，你还把人家请到家里来，谁经得起放大镜的审视？

你这话我不同意，亲家之间来来往往的多了，再说人家一家对子建有恩，子建为了考博士，有半年多没上班，现在读博士，津贴也没多少钱，都是靠他媳妇，他媳妇的好心肠哪里来的？还不是人家爹妈从小教得好。

你想多了，她养子建半年，那是人家感情好，老公读了博士，有了好前程，得好处的是谁？是她，不是你们。再说这事要谢也是子建去谢，用不着你这么卖力。怎么就看不清形势呢？明明是被人家利用了，还死心塌地感激人家。

刘玉成的脸色越来越难看：人家怎么利用我了？来这里过春节，这是子建结婚的时候两家就定下来的计划。

里里爸爸想上来阻拦，被子夏一眼瞪了回去。爸你听好，不是你要感激他们，是他们要感激你，幸亏有这个计划，他们走之前就知道这病开始传播了，要封城了，他们可不是按原定计划轻轻松松走出来的，他们是惊慌失措逃出来的。

刘玉成愣了一下，一盘算，好像真是这么回事，他们的确比原定计划提前了一天到达，而且是自己开车来的，计划是坐火车到宜昌，这边去车站接。子夏的分析似乎有点道理。不过，事到如今，追究这些已没有意义。

不管是逃出来的还是怎么来的，我们都要好好对待人家，否则今后子建会有好日子过吗？

说了半天你就是心疼子建，你有子建这个人质在他们手里。

里里爸爸再次阻拦子夏。子夏一把推开他的手，气鼓鼓地说：你已经两次多管闲事了，我警告你，你还有一次机会。

里里爸爸赶紧闭上嘴巴，秀枝趁机给里里爸爸搛菜，算是替女儿道歉。秀枝一直有点怕这个女儿，她也不知道这个女儿像谁，他们夫妻都不是这种性格。小时候，她跟婆婆吵了一架，婆婆假意要跳河（她一生跳了五次河，一次也没成功，每次都是又哭又喊往河边走，走到半路就被人拉了回来），她看透了，对劝说婆婆的人说：你让她跳，看她跳不跳得成。婆婆过来打她，不小心摔了一跤，就势一歪，躺地上不起来。子夏不知从哪里钻了出来，对秀枝说：你应该扶她起来。秀枝抬手打了子夏一巴掌，子夏不哭不吵，瞪了她一眼，扭头就走，没想到子夏不是回了家，而是去了学校，向老师告了妈妈一状。那以后，秀枝再看子夏，眼里就多了点别的东西。长大后子夏又让秀枝惊讶过一回。秀枝没有正式工作，那时候这种家庭被称为“半边户”，但秀枝并非没有收入，她经营过早点摊，卖过服装，对家庭的贡献并不比刘玉成小，而刘玉成只不过逍遥自在地上个班而已，回到家来还自充老爷，后来还跟某个女人说不清，秀枝大吵三天，要拿菜刀砍了刘玉成，正上高中的子夏站出来，问她：你想没想过他为什么要跟别人好？想没想过你跟别人的差距在哪里？又转过身对刘玉成说：你也想一想，我们打个比方，你买了个煮苞谷，吃了两口，发现另外一个看起来似乎更好吃，你就想把吃过两口的苞谷还回去，换上你新看上的那个，你觉得那个老板会同意吗？两个大人张口结舌，看着她大摇大摆地离去。

现在说这些都没有用了。子夏说，我有个建议，我们应该找个东西把二楼的过道堵起来，家里孩子多，难保他们不会窜到二楼去，在隔离解除前，我们一定不能跟二楼有接触，你们送饭的托盘拿回来要消毒，我们刘家的后代全在这里，不想看到刘家绝后的话，就要小心点，这可不是开玩笑。

当她说到后代时，刘玉成的眼睛止不住飞快地眨了几下。拿什么堵？难道要砌墙？

想办法呀，肯定有办法的。对二楼的人就说风大，怕他们受寒，帮他们堵一堵。

秀枝起身来到厨房，以她对子夏的了解，她真的做得出来。将心比心，要是她在二楼，被亲家像堵耗子一样堵在洞里，会是个什么感觉？三姐弟里面，就子建弱一些，读书难不倒他，人际交往方面，他比姐姐弟弟都差远了，要是这次得罪了亲家，子建今后在他们家肯定抬不起头。想跟里里爸爸谈谈，让他做做子夏的工作，但从刚才饭桌上的表现来看，里里爸爸完全被子夏捏在手里，子夏怎么是这种人呢？思来想去，他们家没有这种性格的人，真不知道子夏是像谁。

子夏两口子吃完，押着两个孩子往三楼走。看着他们的背影，秀枝说：当初要是把武汉的放在三楼就好了。

他们人多，三楼房间不够嘛。

现在换过来怎么样？特殊时期，让他们挤一下。

当即叫住子夏，问她愿不愿意跟二楼换，子夏一口否决。

她示意里里爸爸先带孩子们上楼，自己跑下楼梯，气急败坏地对父母说：亏你们想得出来！二楼整个被污染了、家具、墙壁、地面、天花板，甚至窗帘，我们又不可能像医院那样给房间消毒，你们难道想把我一家给灭了？

刘玉成也火了：子夏你不能平白无故说人家有病毒，人家也许跟你我一样健康，人家主动提出隔离，已经仁至义尽了，是我们把人家请过来的，不能把人家请到家里来再得罪人家。再说，子建的长辈，也就是你的长辈，不能只站在自己这一面来考虑，也要想想别人。还不到世界末日呢，一切恢复原状后，你让我怎么面对人家？

好，你是对的，你不做，我来做，你去做好人，我来做恶人。

谁做都一样，这不是重点，重点是这件事会让别人感觉不好。

爸你变了，不过，我怎么觉得你是看人家来自大城市，心里先就矮了呢？要是二楼住的是那些农村来的亲戚，你也会这么谨慎小心吗？要是你们以前也这么好，我奶奶还会一而再再而三地跳河吗？

刘玉成一时说不出话来，身后的秀枝火了，窜出来说：你也不要一味地指责我们，我倒要问你一句呢，你跟里里爸爸到底什么关系？为什么又又不是叫他爸爸，而是叫他叔叔？你今天给我们说清楚。

刘玉成第一次知道这种情况，大吃一惊：快说说怎么回事。

说了有用吗？我说我一个月工资只有一万元左右，完全用于我们母子的日常生活都不够，你们信吗？你们肯定不信，你们还要想，她这过的是什么奢侈生活啊，一万多还不够，我们只有两千多都能过得很好，所以我干脆什么都不说，唯一的出路是找个人搭伙过日子。所以我们没有婚礼，也没有结婚证，万一将来有问题，能省掉很多麻烦！这样挺好，AA制，生活成本起码节约了百分之五十。看看你们的表情，我就知道你们听到实话不会高兴的。

良久，刘玉成说：当初还不如回湖北，湖北生活便宜。

子夏哼了一声：不想跟你们讨论这个，继续说二楼的过道。家里有不用的棉被吗？挂个东西在那里，对小孩子多少有点威慑作用。

刘玉成摇头：是过道，不是门，挂不了的，除非挂到天花板上。

肯定还有别的办法。

第四天

里里爸爸连夜画出了隔离墙图纸。

昨天晚上，子夏说：你要是连这么个小东西都设计不出来，你就不是工程师。

我是机械工程师，不是门帘设计师，这是裁缝干的事。

我不管，我只知道，这比机械简单多了。

两个孩子睡在一张床上，为防止他们踢被子，子夏总在他们睡着以后，悄悄把他们的睡裤脱下来，微微的凉意会让他们乖乖地缩在被子里，这是子夏屡试不爽的经验。她很鄙视那些动不动就把孩子弄感冒的母亲，或是面对大哭不止的孩子却束手无策的母亲，对她来说，生活中没有对付不了的难题，除了阻止男人出轨。

当她第一次发现他出轨的时候，她像所有女人一样，感觉天塌地陷，她在家里大闹，去他单位大闹，找那个女人大闹，闹了一年多，丈夫灰头土脸地告诉她，他们彻底分了，不光分了，还彼此恨上了。平静了一年，她得到消息，丈夫并没有跟那个人分手，只是转到了地下，连孩子都怀上了，而且不准备堕胎。她气得要吐血，抽着他的耳光问他，为什么？为什么？他答：就为了气死你！恢复单身以后，她稍稍平静了些，但也感到更加艰难，她必须换房子，她的房子太小了，小得像个花生壳，她必须换大一点的房子，换房就必须贷款，但她的工资承担不起房贷，只够勉强应付她和孩子的生活费用，她必须找个合住者，转移一部分支出。这事她经常干，她带孩子去好一点的餐厅吃饭，两个人只点两个菜就够吃，但点这么少会招来服务员的鄙视，所以她通常会再叫一个带孩子的母亲，既可以吃得丰盛一点，孩子因为有伴也会更开心，更重要的是，精确执行AA制，吃得好又不花太多钱，也不欠人情。正是从吃饭这事受到的启发，她很理智地找到了里里爸爸，碰巧又又和里里还蛮玩得来。至于她和里里爸爸，她不知道里里爸爸的真实想法，反正她是不再有爱这个东西了，她很清醒，她现在能谈的只有生活方式，当然万一发生意外，她也接受，比如她和里里爸爸觉得两人好像不宜再分开，好像还可以继续下去，那么就继续下去。里里爸爸也同意她的方案。不过到目前为止她并不乐观，里里爸爸对她摇头居多，但她并不准备压抑自己去迎合他，房贷还有八年就还清了，这几年她工资涨了些，她还暗中投资了一个朋友的小公司，每年也有些收入，总之，她做好了里里爸爸突然打包走人的打算。

里里爸爸望着他的设计图摇头，这次不同于他以往的任何一张设计图，材料中没有任何金属，以及任何工业性材料，他只能在目力所及范围内去寻找，去探索有限的可能性。

他用了两组纸箱，共六个（储藏室里有装年货的纸箱），装满土（院子里取），一边三个成对放置，中间插进晒红薯干压白菜的竹晒盘（他在后院发现的，实地测量两米三长，一米二宽），两面均拿米汤糊上几层报纸，米汤干了以后，硬硬地粘在竹晒盘上，敲一敲，能发出类似门板的嘭嘭声，这声音可作通信用。

他本想在竹晒盘上开一个门，方便进出，还可以上锁，可惜没得到刘玉成的允许，他说那个竹晒盘，是上一辈传下来的，再也找不到那么好的竹晒盘了，因为再也没有好手艺的匠人了，开个洞，等于把它废了，就连糊报纸的设计，也是很无奈地勉强答应：这要泡多久才洗得掉啊，不要伤了我的晒盘啊。可是，如果没有门，送饭就不太方便，因为六纸箱土垒起来的基础并不轻，一个人没法移动，也想过在下面装滑轮（行李箱上有），但若装了滑轮，估计孩子们会忍不住要去推，那就完全失去了设计隔离墙的意义。想来想去，他只能把这堵墙分成错开的两部分，正面看是一堵完整的墙，侧面看，中间有一道三十厘米的缝隙，那正好是送饭托盘的宽度。

得去那个小菜园子挖点土，当他把纸箱拖过去的时候，刘玉成过来了。你要用这个土？这是我好不容易从别处偷来的，专门用来种菜的。里里爸爸说：用完了可以还回来。

为什么不用石头呢？

里里爸爸恍然大悟：对对对，我怎么没想到这一点呢？只要分量足够就可以。

那是因为你不熟悉我们这里的物产。刘玉成明明说完了，目光却不收回去，弄得里里爸爸不知道该继续干活，还是该跟他讨论讨论此地的物产。

装满了两箱，里里爸爸要把它扛到屋里去，试了两次，都没能抱起来，刘玉成也不搭把手，反而说：外面的石头最好不要带到屋里去，不干净。

看起来蛮干净呀，上面一点土都没有。

外面有些脏东西，是肉眼看不见的。

里里爸爸去了趟屋里，再回来时，子夏跟在他后面，边走边说：哪有什么脏东西？你别吓唬他。

刘玉成让开两步，看他们抬着纸箱往屋里走。他再也找不到阻止他们的办法了。

两个人在楼梯口歇息，准备蓄足力气上楼。刘玉成鼓足勇气走过去，对两人说：先等等，我去打个招呼你们再来。

刘玉成把两个亲家叫到楼梯口。他决定先道歉，把他能想到的各种道歉的话都说了一遍：我把你们害苦了，实在没脸见人，你们千万大人不记小人过。亲家公被他一番话吓得脸都白了，他这才说到隔离墙的事，说到家里四个淘气的孩子，再把里里爸爸的设计图拿出来。

圆圆爸爸安慰他：没事没事！尽管做！唯一的遗憾是，我们俩喝酒不太方便了，我想想，要不你让他们在墙上留个洞口，我们可以在洞口碰杯，是不是？哈哈哈！

刘玉成抓挠着头皮，一脸的无地自容。

圆圆和她姐姐，还有子建，都过来了，子建的脸慢慢红了起来，其他人的脸也都变成刘玉成预想中的样子，令他难过的样子。

爸，这有必要吗？这会不会影响通风？

不会完全封死的，只是挡一挡，免得孩子们胡乱冲撞。

圆圆说：不如我们干脆去外面隔离吧，集中隔离的地方在哪里？我们可以自己申请去住吗？

当时没有上报你们的名字，现在去的话，正好暴露我们隐瞒不报，恐怕不太好吧？

是姐姐的主意吧？子建大声说，能不能把姐姐叫来。

刘玉成如获大赦，赶紧溜下去。

子夏听到子建的声音，满面笑容地上来了。

放心放心！不会影响通风的，不可能挡得那么严实，只是吓唬一下孩子们，让他们有所顾忌，他们实在太皮了。

你搞那么大个东西干吗？这是家里，又不是疯人院，更不是监狱。

话不要说得那么难听嘛，忍一忍，大家都一样，又不单单是你一个人在禁足，我们都不能出门。这是挡孩子们，又不是挡你，孩子的天性就是坐不住，喜欢到处跑，你觉得我是把他们锁起来好，还是在这里做个隔离墙比较好？你不是在读博士吗？正好把自己关在房间里写文章，时间过得很快的，十四天一晃就过去了，高度专注的话，十四天写一篇文章够了。至于两个妹妹，你们要不要织毛衣，我让妈给你们找点毛线出来，趁这机会陪着爸爸妈妈看看电视剧，聊聊天，时间过得很快的。

二楼的人集体沉默了。爸爸转过身，往自己房间踱去。接着，妈妈也转身走了。

子夏又说：我家又又还好一点，里里最伤脑筋，一年四季，他铁定要感冒四次，天气稍一变化，他就扛不住，他那个呼吸系统好像特别脆弱。

你看住他，不让他到二楼来不就行了？岳父岳母的中途离开，让子建越发急躁，看住一个人，和封住一层楼相比，哪个更容易？

我怎么可能时时刻刻在他身边？你不会是想叫我把他锁起来吧？那不成了虐待儿童了？

请你最好考虑一下这样做的后果。

能有什么后果呢？你不朝这个东西看不就行了？什么都没变，照样定时送饭，各种服务随叫随到。

关禁闭的犯人也送饭的。

你要这么说就没意思了。我知道你在心里埋怨我，我也没办法，我得替我免疫系统还没发育完全的孩子着想，天底下每个父母都只疼自己的孩子，你看看我们的爸妈，他们就只疼你。我做好准备被你们骂的，我不能因为怕你们骂就不管我的孩子。等你将来有了孩子，你就理解我为什么要这么做了。

子夏！子夏！你来一下！里里爸爸在楼下兴奋地大叫。

原来是里里爸爸又有了新主意，他提议去网上买一部救生梯，让孩子们在一楼和三楼之间随意上下，既锻炼身体又增加情趣，孩子们肯定喜欢。

安全呢？你能保证它是安全的吗？

救生梯不安全还叫什么救生梯？

办法虽好，却被刘玉成一句话打击得灰飞烟灭：快递已经停送了，什么都买不到了。

可惜没有材料，有材料我自己都能做。

子夏瞪他一眼，扭头就走：老老实实造你的隔离墙吧！

圆圆最是坐立不安，隔离墙的事让她感到羞耻，她一个人受辱也就罢了，如今全家人一起在这里受辱，都是因为她，她把全家人拖进了这个不可理喻的家庭。

她穿着豹纹毛衣，宽松家常裤，在小小的房间里走来走去，过于宽松的裤腿每走一步都哧啦一声，这声音让子建感到紧张。他死死盯着电脑，实际上一个字也看不进去。

我在跟你说话呢，你还是活的吗？要是活的，请你给点反应好不好？她突然停下，在他身边咆哮起来。

你到底在说什么？他回过头来，一副来自另一个世界的表情。

人家把你当麻风病人一样关起来了，当犯人一样锁起来了，你还无动于衷吗？

他回头，继续盯着电脑。

我警告你，你最好马上告诉她，她再这么闹下去，小心我把这个破房子给她点了！

那你就是蠢！

我蠢？好，就算我蠢，你总不是太蠢吧？你以为她如此毫无顾忌，欺负的仅仅是我和我的家人吗？她欺负的是你，说明你在她心里毫无分量，说明她不在乎你，她轻视你，就算你已经是博士了，她还是瞧不起你，你们全家都跟着瞧不起你，否则他们也不会任由她为所欲为，她又不是家长，她凭什么？天知道你都做了些什么！害得我们被这个女人轻视、践踏。

好了好了，你就当她是针对我一个人，就像你刚才说的，她瞧不起的是我，所以她才敢这样对我。

你什么意思？你本来的意思是她瞧不起我们整个二楼的人对吗？她凭什么瞧不起？就因为她结婚次数比我们多吗？

哎呀！你安静一会儿行不行啊？子建突然转过身来，面向圆圆，他眼里居然有泪光！他居然要哭了！他连这么点风波都承受不起，这么点家务事都搞不定。子建继续哭丧着脸嚷嚷，不要用这种语气跟我说话，不要威风凛凛在我身边走来走去，你要我怎么办？去把她杀了，还是去把她打一顿？你说，只要你发话，我就照你说的做。

姐姐站在他们的房门口，房门未关，姐姐在敞开的房门上敲了几下。

中气很足嘛，我在那边都听见了。姐姐说。

怕什么？大家都听见才好！

我试过，只有二楼听得见，一楼、三楼都听不见。姐姐忍住笑，不过我同意你的看法，他姐姐做得太过分了。

我已经想好了，让她做，尽管做，等她做好了，我“一不小心”就给它撞翻了。得到支持，妹妹的声音格外大了起来。姐姐招招手，圆圆凑过去，随手关上房门。姐姐小声对妹妹说：怕什么？他们这边不是还有子书在我们家吗？实在搞得不像话的时候，我们以牙还牙。

对，让姐夫把子书也关进一间不通风不透光的小屋子里，不给他吃，不让他睡，也不让他上厕所。

姐姐眨眨眼，回自己房间去了。

圆圆恶狠狠地对子建重复了姐姐刚才那些话，子建也急了：那墙不是还没砌起来吗？看看她最后弄出来到底是什么样子再说嘛。

我记住你说的话了，到时候你要是不第一个上去撞垮她的隔离墙，你给我等着瞧。

瞧就瞧，还能怎样？昨天到今天，我们一刻也没有停止吵架，还有比现在更糟糕的吗？

当然有，不是还有离婚吗？单凭你姐姐做的这件事，单凭你在这件事中表现出来的窝囊劲儿，我们就该离婚。

无所谓，随你便。子建突然啪地关了电脑，上床躺下，我懒得为这些事跟你吵，我自己的事还管不过来呢，实话跟你说吧，我的论文评审好像出了点问题。

那是什么意思？圆圆冲过去，站在床边问。

子建闭着眼睛不吱声。

圆圆急得一把掀开他的被子：你说呀！论文出什么问题了？

匿名评审，三个校外评审，有一个没通过。

那会怎样？

应该要三票全部通过才行。

急死了！一口气说完呀，不能全票通过会怎样？

哎呀，我的事不用你管！

你的事？你以为这还是你一个人的事？快说！圆圆怒吼起来。

论文通不过，理论上讲应该毕不了业，就看还有没有重新申报的机会。子建捡起被圆圆扔了一半到地上的被子，怏怏不乐地重新躺下。

圆圆一声冷笑，想了想，又是一声冷笑。她关掉灯，来到窗前。她把玻璃窗移开一点，她胸口发闷，她需要通风，需要新鲜空气，否则她要闷死了。怎么会这么倒霉？不是说他从小到大都是学霸吗？怎么会论文都通不过？如果真的毕不了业，那她的梦想呢？她计划中的生活呢？她要怎么向闺密解释？一想到闺密那张洒满异域阳光的脸，向她提供新生活建议时兴致勃勃的脸，会朝她投来同情和可怜的一瞥，然后鄙夷地转身离去，她简直没法呼吸了。"好啊！让他申请我老公那个大学，然后你抓紧生个孩子，我们俩就可以一起带孩子玩了。”闺密所倡议的生活不可能实现了，她的美梦破产了。怎么倒霉的偏偏是她？结婚前，她试探过子建有无可能出国做访问学者的可能，子建爽快地说：岂止有可能，简直是必须。她心跳加速，再没多想，一门心思直奔婚姻而去。就这次回家之前，她又假装无意地试探过一次，子建的说法跟以前有点不一样了：先把博士读完了再说吧，你别以为博士很好读。这让她想起有一次他在卫生间接电话，她不是有意偷听，她想上厕所，走到门边听到他在里面讲话，就下意识地放轻了脚步。有人在电话里咆哮：你怎么会连这个都不懂？你是怎么考上博士的？几次小组活动你都请假，我以为你刚结婚，事情多，没想到你是在逃避？你能逃几次？你打算一直逃下去吗？一直逃下去你以为你这个博士能毕业吗？那时她还没多想，觉得只要目标正确，过程多点曲折无妨，没想到曲折过多，是会导致断裂的。

如果是这样，她还有必要跟他继续下去吗？他几乎没挣过钱，没送过她一件像样的礼物，他住着她的房子，穿着她给他买的衣服，他对她也不算很好，就像眼下的隔离来说，明明大家一起在隔离，现在又对他们全家搞起了小隔离，这合适吗？说到底是他不能像个男人一样地保护她，更不能保护她全家。而且他前途不妙，他像一瓶倾覆的墨水，把她向往的生活染成漆黑一片。如果两个人不能互相激励，互相保护，这样的婚姻还有存在的价值吗？幸亏他们没小孩。她几乎在瞬间做出了决定，等武汉解封，回去后第一件事就是解除他们的婚姻。怪他自己，是他自己不争气，做她丈夫是有门槛的，不合格，宁肯不要。

她转过身来，看着床上蒙着被子仍然缩成一团的子建，多么窝囊、多么低级的身形啊，离阳光、奋进的形象多么遥远啊。她听闺密讲过，她老公非常勤奋，基本没有周末，即使偶尔出去，也是跟导师们、师兄师弟们开展专业讨论，在家里自然是倒了油瓶都不扶的那一类，如果一个男人一心扑在工作上，她要他扶什么油瓶呢？她自己去扶啊，扶油瓶又不是什么难事，又不能为这个家带来利益。她还生怕碰上一个乐于扶油瓶的男人呢。既不能一心扑在工作上，也不打算扶油瓶，子建大概是这种男人。

越想心情越差，而子建的呼吸已转入深沉、均匀的状态，愤怒让人思维敏捷，她猛地想到一个问题，子建当初到底是出于何种目的辞职考博的呢？会不会是在单位看不到前景，无奈之下只好去拼个博士看看有没有转机？想到这里，她不禁打了个寒战，如果他博士毕业了，一样遭遇读博前的命运呢？

她迫切需要逃离黑暗和寒冷，到明亮一点的地方去，迫切需要跟人说话。她离开窗台，扑向门把手，窗帘被她带起的风掀起来，缓缓飘动了一下，又落了下去。

她敲开姐姐的房门，挤到姐姐床上。姐夫不在真好，否则她这会儿真没地方待了。

姐姐问她：一直在跟你老公吵架？吵到现在？

能吵得起来倒好了，人家现在睡得又是鼾又是屁的，根本不屑于跟我吵架。

其实我一直在等你，我就知道你会到我这里来借床的。

圆圆不吱声，她不能把心里的寒意说出来，连闺密也不能说，自己的痴心妄想，自己的如意小算盘，打错了，打烂了，说给谁都只会招来耻笑。

真的是时候结束了，就这么定了。

现在她倒希望那个狗屁隔离墙快点建起来了，建起来她才有理由闹，彻底闹翻最好。可别停啊你们，也别改变主意。

第五天

子建咳嗽着醒来。他不知道自己为什么会咳嗽，额头以上的部分一跳一跳地疼。他试着起床，身上有些疼，也乏力。他又睡了过去。

再度醒来时，喉咙又疼又干，他想喝水。他坐起来，看见窗帘一角轻轻飘了一下，晃晃悠悠下床，想去看看窗玻璃关了没有，又觉得还是喝水这事更急，就扑向水瓶，水瓶是空的，他拿着空杯出来，饮水机在客厅，吴爸爸也在客厅，见他蓬首睡面，笑他：昨天睡得晚？

他又咳嗽起来。

感冒了？

有可能。他声音也哑了。

他倒好水，坐到沙发上，吴爸爸本能地抬了抬屁股，离他远点。他没注意，他一直望着自己的水杯，杯里有一截头发，他在想，是倒掉呢？还是把头发拿起来扔掉继续喝？

吴爸爸起身：我去看看你妈妈醒了没有。

吴爸爸再没出来。他最终拿掉头发，喝了起来，这是在自己家，没有外人，是自己的杯子，不可能有别人碰过，他放心地喝干了，又去倒第二杯，他听到姐姐的房间传出笑声，不会是姐夫已经回来了吧。他去敲门，开门的是圆圆。正要开口，一口气堵上来，他又开始咳嗽。

你怎么了？圆圆掩住口鼻。

可能是感冒，喉咙疼，头也疼。

你确定只是感冒？

他自己也呆住了，不会吧？不可能，一直都很好。他把水杯凑到鼻子底下，拼命吸着热气。

这样舒服多了，应该是昨晚感冒了。

圆圆想起什么，急步回到房间，果然，小半扇玻璃窗还开着，她昨天走的时候忘了关，然后她再没回房。她轻轻地、轻轻地提着插销关上，再回到客厅来。她不知道她为什么要这么做。

多喝热水，让小马给你烧点姜糖水上来。

他听了她的建议，打电话给小马。

小马送姜糖水上来的时候，他咳得更大声了，鼻水也流了出来。小马僵在楼梯上。子建你还好吗？我听到你在咳嗽。

没事，昨晚感冒了。

小马蹲下来，把水杯放在过道地上。

子建你自己拿一下，我灶上还有火没关。

话没说完，噔噔噔的脚步声已经响到下面去了。

子建嘟哝了一句，弯腰拿起姜糖水杯，不歇气地喝了起来。还没喝到一半，身上便有出汗的感觉。等他一口气喝完，发丛里已经有汗珠淌了下来。放下杯子，他径直来到卫生间，此时他渴望用热到发烫的水来冲个澡。

洗完澡，他觉得症状轻了好多，精神也好了很多，看了下房间里没人，径直来到姐姐房间，圆圆还在这里，见到他，姐姐嗖地钻进被窝，圆圆下意识捂住口鼻。

喝过姜糖水、洗过热水澡后，我觉得我好多了。

是的是的，快出去，没看到我姐还没起床吗？真是的，门也不敲。

他道了声对不起，还不忘开了句玩笑：又不是第一次看到你在床上。

姐姐和姐夫是一对很特别的夫妻，当他还没取得妹夫身份的时候，周末常跟圆圆一起去看望姐姐姐夫，姐夫出来开门，上身赤裸，下身三角裤，他不得不抢前一步，挡在圆圆前面，哪知圆圆根本不介意，一路追随着姐夫，径直来到卧室，当时已差不多十点了，姐姐坐在床上，打着呵欠问：带早点了没？圆圆扔过去一个纸袋，说：两个面窝，刚出锅的。两口子一人一块，坐在床上吃完了才不慌不忙起床。原先他以为这对夫妻是因为懒，后来慢慢发现，真的是生活理念不同，比如他们不要孩子，既然没有孩子，也就不必买学区房，不必买机构的课程，不必安排寒暑假的高价旅游，不必起早贪黑搞服务，更不必处心积虑攒钱，为孩子准备婚房，没有孩子，等于没有了一切束缚与责任。他也很想这样过，但他不用想也知道，爸妈不会同意，至于圆圆，他们目前还没考虑过这个问题，毕竟生活才刚开始。

又一天过去了，夜已深，圆圆从姐姐房间出来。天一黑她就借口追剧赖在这里，现在，剧完了，她不得不离开。

子建裹着被子的身形在黑暗中高高隆起，他睡觉喜欢像包粽子样把被子裹在身上，她得从他身上剥下一角来，才能牢牢贴着他躺下。她在门口站了一会儿，觉得自己好像做不到了。她奇怪他们以前是怎么睡的。

走道尽头有个小窗，她想到那里去透透气。

外面不是太黑，依稀能看见树冠的外廓，以及远处房屋的大致形状。有人从屋里出来了，凭着那只白色仿玳瑁发卡，她认出那是做饭的小马，她应该是拎着什么东西，走路一晃一晃的。过了一会儿又折回来，也许她只是出去倒垃圾。十几口人的大家庭，每天得产生多少垃圾啊，那么早就起床，这么晚还在收拾，真够辛苦的。小马又出来了，她听到了塑料袋子的摩擦声，没猜错，果然是倒垃圾，一次还丢不完，得跑几次，比她想象的还要多。

温差大得惊人，很快就冷得受不了了，只得退回来，到了房门口，举起来的手又放下了，一想到要叫醒他，要从他身上剥下一片被子来，再贴上去，心里就不愿意。站了好一会儿，她转了个身，朝姐姐那边走去。

见圆圆不由分说往自己床上爬，姐姐警告她：两口子长期不睡在一起的话，会产生排异反应。

圆圆瞪她一眼，什么也不说。

其实我也觉得夫妻如果没有两张床的话，就要多准备几床被子，不然遇到吵个架什么的，特别尴尬。

这个屋里，最辛苦的是小马，刚刚我看到她这么晚了还在往外倒垃圾。

说到小马，我突然有点想吃东西了，你说，等他们都睡了，我们能不能下楼去拿点吃的东西上来？

被人家发现了多不好意思。这么晚了，你不怕长眼袋、长肥肉？

受虐狂！已经被关禁闭了，还要节食。

听到二楼的子建在爆咳，小马的头皮阵阵发紧，这里待不得了。

在此之前，她已有不满，自己明明是焗长，怎么越来越像个厨师兼粗使丫头，上菜做饭洗碗都是她，细活粗活全是她，就连添饭添菜这种事，也理所当然落在她头上。她可是有身价的，一直以来被人称作师傅，在这里怎么就什么都不是了。

第一天他们就没给她留下好印象，比如给妈剪头发，那些女人，都不是小孩子了，怎么能那样捉弄一个长辈、一个老人呢？看她们把她弄成啥了呀，头发卷得像钥匙环，乱七八糟堆了一头，她们为什么不敢那样去捉弄小姨？自那以后，她就觉得样样都不对味了。她没上过饭桌，他们吃饭的时候，她就是个跑堂的，他们在桌上谈笑风生，她的妈和女儿默默地坐在桌子一角，无人问津。她又不是没有家，为什么要到这里来当二等公民?

她跟她妈抱怨：我不该答应他们的，那些懒货，吃了饭碗都不洗，全都甩给我一个人，哪有焗长还洗碗拖地的?以前二楼几个女的还能帮我一点忙，现在把他们隔离起来了，一个帮手都没有了，我天生是做苦力的?

忍一忍吧，小姨这是没拿你当外人呢，明天开始，你不要洗碗了，全都留给我。

那又何必?当初答应她，是她说不会让我一个人做，大家一起做的，结果呢，没一个人帮我。我明天就回去，一天都不想待了。

难道你要跟小姨把路竖起?忍得一时之苦……

竖起就竖起，不尊重人的地方，不来也罢。

你吃了亏，小姨又不是看不到，她不会亏待你的。

那她为什么还不把工钱给我?我去别人家从来都是先付钱后干活。你明天跟她说，让她马上给我。

我会去提醒她，我只求你不要挂在脸上，你的姑娘还这么小，跟这些人保持友好，对她至少没有坏处。

每次只有提到小孩的时候，她才不那么气呼呼的。

抱怨归抱怨，倒也从没耽误过一日三餐，直到那天，给二楼送完姜糖水下来，小马心里突然慌了，拼命洗手漱嘴，又把女儿也找来洗脸洗手，然后把她妈拉进她们房间。

我听到子建咳嗽了，他会不会得了那个病？你去跟小姨说，就说我要求她现在就把工钱给我，就说我有急用。

这怎么说得出口？过年能有什么急用？

哎呀……你随便编一个，没有急用还不能领工钱了？她一边说一边把她妈往门外推。

没多久，她妈就回来了，拿回一只信封。

小马接过来，认真数了数，惊讶地望着她妈：她这是……她就结算到昨天？小姨真是精明人哪。

这是预支的一部分，小姨说了，走的时候还会给你发奖金的。

她把钱放进包里：没指望她的奖金。

你小姨还说了，以后周末可以把孩子送到这里来，跟睿琪一起玩。

我女儿又不是没有玩伴，睿琪将来跟她不会是一路人，趁早别搅到一起。

第六天

秀枝起床第一件事照例是打扫，整个一楼，院子，又扫又抹，全都忙完，得一个多小时。扫到院子时，秀枝看到三楼的里里爸爸，拎着个塑料袋子走过来。她认得出那是超市的袋子，里面鼓鼓囊囊装满了东西。看来他起了个大早。

这么早？

是啊，子夏不停地催我。

里里爸爸把东西放在餐桌上。我推翻了之前的设计，改成了塑料帘子，制作起来比较简单。可惜超市里没有我需要的塑料薄膜，只好买了十几件雨衣，又买了些便利钩子。现在我要把它们裁剪制作一下。

听到声音，刘玉成也出来了，他冲里里爸爸点点头：子夏什么都好，就是有时候容易钻牛角尖，身边有你这样理智的人我就放心了。你得多帮助她，改掉那些个臭毛病才好。

哈哈，我可帮不了她，在她眼里，我跟废物差不多。

她就一张嘴！她心里可敬重你了。这一点上，她们女人的心思都差不多，恨不得外面的人都不如她，我一辈子都是在抱怨中滚过来的，不过到头来你就明白，她们的每一句话都是为你好。

子夏也有个优点，她没什么私心，起码在对待两个孩子上没有私心，里里很快就接受了她这个妈妈。

哦！那真好！刘玉成有点感动，他还真担心子夏的个性，会让人骂“到底是后妈”。

现在兄弟俩经常说，我们是真正的有福同享有难同当，是一根绳儿上的蚂蚱，因为她从来不会只打一个孩子，如果又又做错了事，里里会因为监督不力跟着挨打，如果里里做错了事，又又也免不了挨一顿揍。

刘玉成的笑慢慢转为尴尬，这到底是表扬还是批评甚至是告状呢？

里里爸爸把雨衣展开，剪掉多余的部分，裁成一样宽窄的长条，因为过道太高，他把帘子设计成上下两部分拼接而成。到底是工程师，还特别画了个效果图，刘玉成觉得那个图画得真不错。

子夏下来帮忙，等他们拎着东西刚到二楼，刘玉成几步窜到楼梯下面，支起耳朵细听。他是不会出面的，但他又不想错过任何细节。

两人稀里哗啦折腾开了，其间除了子夏和里里爸爸偶尔一两句简短的应答，没有任何声音，看样子二楼的人都还没起床。

刘玉成从楼梯下钻出来，一个人忐忑不安地站在外面。十四天以后会怎样呢？十四天以后就可以自由走动了吗？外面到处关门闭户，对面马路上几乎看不到车辆，如果不是手机上不时地接到消息，真让人怀疑是在做梦，在梦里就是这样，安静，没有声音，也见不到人。离这里最近的邻居，五百米开外的那户人家，有一条狗，最近一直没听到过那狗的声音，也难怪，无人走动，狗怎么会叫呢？

第一轮早餐开始了。小马发出吃饭令，刘玉成过来催促两个施工者，帘子已基本完成，应该说完成得不错，虽然是上下两层，但看上去没有明显界线，雨衣是白色的，质地又轻，一条条密密地挂在那里，无风自动，很是飘逸灵动，比那个站立式晒板的创意不知要好多少。

早餐相当丰盛，粢饭糕、汤圆、小米粥、豆浆、煮鸡蛋、几碟咸菜，大家都不怎么说话，忙着对付自己的胃。小马不能跟他们一起吃，她得马上去准备二楼的早餐。上完最后一道早点，她手都来不及收回，径直抓了一只粢饭糕和两个鸡蛋，大步往厨房走去。那只不大却有力的手传递给刘玉成一种信息，特别是那几根手指，表面沁出一层细密的水珠，也许是油珠，因为太过用力，指根处的关节绷得发亮，似在弯弓搭箭。他说不清那到底是种什么信息，但他真真切切感觉到了，那只手在说着什么。

刘玉成看了一会儿小马的背影，觉得她走路的姿势也跟前几天不一样了。她不高兴吗？生气了吗？没理由啊。为了让她们一家住得更舒服，他还给她的房间配置了一张布艺沙发呢，虽然不是新的。

早餐还没吃完，就听到二楼一阵唰啦啦的响声，刘玉成赶忙起身去看，好像是风，把裁成一条一条的门帘吹得直飞出去，风一停，又纷纷回归。他赶紧去把过道里开了小半扇的窗关严实，想想又觉得不对，如果所有的窗户都关得严严实实的，通风怎么办？便把窗户又拉开了，保留了两指宽的缝隙。回头一看，雨衣门帘缓缓飘动。没办法，要不，先开一会儿，过会儿再来关上吧，不通风是不行的。

回到桌上，刘玉成说到风的事，里里爸爸认为应该把窗户开大一点，吹吹风，散散雨衣的塑料味道。

不行，风吹得簌簌响，扰民。他指的是二楼那一家人。

子夏看了他两眼：宅在家里多无聊啊，来点声音，可以不那么单调，应该求之不得才对。

刘玉成有点生气，但里里爸爸坐在她旁边，他也不好说她什么。

该给二楼送餐了。这是刘玉成主动承担下来的工作，任何人做他都不放心。

大小碗碟都用保鲜膜封着，一一放进木质大托盘里，这托盘还是他的父亲传下来的老家当，又大又深，古老的生漆浸出油光，层层叠叠摆放巧妙的话，可以放进一整桌的菜肴。

上楼之前，他跟吴爸爸微信联系过，吴爸爸总是说：辛苦了！我来接。然后两个人就站在过道那里交接，顺便聊两句。

这天亲家公似乎到得更早，他在打量那个门帘。

刘玉成早已想好了应对之词：实在不好意思，我都没脸来见你们了，年青一代的缺点就是太讲原则，做事刻板，对小孩的安全问题过分考虑。

没事，挺好的，没有遮挡光线，看上去也不丑。

大家都还好吧？有什么需要随时告诉我。刘玉成真正想说的只有前面那句话，毕竟那才是隔离的目的，但他不好意思直说。

还好还好，我们都挺好的，放心！吴爸爸显然明白他的真正意图，就直接给了他想要的。

刘玉成自觉心机败露，不好意思再待下去，匆匆下楼。

第七天

又是一个早上了！刘玉成被窗外一只鸟叫醒，但他不想动，还不到他的起床时间。他推了秀枝几下。除非他有特殊情况，这么多年来，秀枝都是这个家里起得最早的。

秀枝叹着气坐起来，穿衣服，打哈欠，嘟哝，终于出去了，刘玉成长出一口气，翻了个身，有种大便终于解出的轻松愉悦。女人真是！起个床都吵死人。

他听到秀枝在那边叫：小马！小马！

他听到她在走动，嘴里还是叫：小马！小马！

他听到她拉开大门，声音在空旷的地方响起：小马！小马！

她跑过来了，拖鞋发出急促的啪嗒啪嗒声。

小马不见了，锅灶都是冷的。她妈、她女儿都不在，床上不像有人睡过的样子。

他心里一震，马上想起昨天早上拿早餐的那只手，当时他就觉得奇怪，一点早餐而已，一两重而已，用得着使那么大劲？

秀枝催他赶紧起床去找，他反而缩回被子里。应该是回去了，不信你打她电话。

不等秀枝打过去，小马先打过来了。

小姨，我估计你已经起床了，才敢打给你。我们回家了，昨天晚上十一点多到家的，早上有路卡，不让通行，所以我们才选择晚上走。我把厨房都收拾清楚了，卫生也都做了才走的。当然有原因，不是，跟你们没有关系，我只是有点担心我妈，现在这个病，听说对老年人非常不利，我妈本来就有好几种病，万一运气不好碰上了，我就完了，我现在全靠我妈帮我撑着这个家，帮我带孩子，要是没她，我根本无法出去做事。

你至少跟我们说一声嘛，我们是那种不好商量的人吗？

不是，你们对我很好，是我不好意思，因为我走的时候拿了点东西，我拿了你们一袋米，一桶油。小姨你知道我的情况，当初说在你们家过年，我就没怎么办年货，谁知道现在情况变成这样了，听说超市的米已经卖完了，我看你们家储备挺充足的，就拿了点回来，解燃眉之急。小姨你看这样行不行，我拿的东西，你们按市价从我工资里扣，好吗？你给我的工资结到前天，我昨天又做了一天，差不多正好抵得上我拿的东西。小姨你放心，我不是个爱占便宜的人。

秀枝挂掉电话，呆在原地，像个木头人，刘玉成叫了她好几声都没反应。

两人赶紧去储藏室看存货，数来数去，只有两袋米了。秀枝又打电话过去：小马，你到底拿了几袋？

一袋啊，一袋十斤装的。

咦？我怎么只有两袋米了？

小姨你不是在怀疑我撒谎了吧？你知道你们家一天要吃掉几斤米吗？一天要吃掉八斤，还不包括早餐，你自己算算，你们吃掉了多少米。

小马，我们娘俩不是别人，你给我说实话，到底是哪个无意中把你得罪了？

没有没有，好吧我说实话，那天我给子建送姜糖水上去，听到他在咳嗽，咳得还蛮凶的，我有点害怕，我得保护我妈和女儿，除了我，没人能对她们俩负责。也许我应该说清楚了再走，但那就要得罪子建、得罪好多人，我不想得罪任何人。

秀枝也顾不得跟小马说什么了，赶紧打通了子建的电话。

子建哪，听说你在咳嗽？

有点，不厉害。

什么时候开始的？刚回来那两天蛮好的嘛。

可能是晚上睡觉忘了关窗，不是说白天不要开窗嘛，晚上就想通通风，结果睡觉的时候忘了关。

你打开的还是她打开的？怎么会两个人都忘了关呢？

呃，跟她没关系，是我忘了关，她那天在她姐姐那边睡。

什么意思？你们没睡在一起？你们吵架了？

也不算吵架，偶尔说两句而已，你别管了。

你给我说实话，你们到底吵架没有？为什么吵？

妈，跟你说了，没有吵架，我们没事，一切正常。

子建哪，你要有自知之明，你们三个当中，你是最温和的，你都忍不下去的事，这世界上谁都忍不了，所以你不想忍就坚决不要忍，你不比谁差，你还年轻，又是博士，尽管把腰杆子挺得直一些，我们都给你撑腰，听到没有？不要打断我！让我说完！我自己养的儿子我还不清楚吗？不被欺负到一个程度，他是不会说出来的。

妈，我们真的没事，你别乱想，再说这是我跟她之间的事，你不要参与。

你看你看，刚才还说没事，说，到底发生了什么事？

妈！都说了没有，你怎么听不懂我的话呢？

你刚才明明说这是你跟她之间的事，怎么又没有了呢？你还想瞒我们多久？

妈，算了，我跟你说不清楚，我挂了，我们下次再说。

你挂吧，你一挂我就上来，我才不管什么隔离不隔离的。说，你们到底怎么啦？

妈！求你不要逼我了，真的没事，你还不知道我吗？我有时候宁愿一个人待着，特别是心情不好的时候。

你怎么心情不好啦？是因为跟她吵架吗？

哎呀妈！你就别管了，我心情不好是因为我自己的事，我读书的事，妈，博士并不是那么好读的，并不是只要看书写文章就够了的。

子建你放心，我们家有菩萨保佑，你肯定会顺顺当当。她现在还在她姐姐那边睡吗？

回来了回来了，就那天一次而已，求你不要再问这件事了。

妈妈坐在二楼的窗边，像只猫咪一样追随着窗帘缝隙透过来的小小一束阳光，早上，她还坐在窗户的右边，这会儿，她已经转到窗户的中偏左了。她手里拿着一本破旧没皮的字典，这是她在一只抽斗里发现的唯一可看的东西，估计是刘家三个子女学生时代的旧物。专心看过一阵后，她发现字典其实也蛮好看。

爸爸在看手机，好几次，他的手机啪地掉到地上，她没转头，但她能想象他的样子，扬着眉毛，意图揪住眼皮，不让它落下去，沉入昏睡。可惜不论眉毛挑多高，眼皮还是要义无反顾地掉下去。他捡起手机，骂一句：他妈的！不知道他在骂谁，也许只是想发出点声音，把自己惊醒。

当只剩下他们两个人时，世界就变成了无声的，像一部默片。两人的这种状态已经有好几年了。起因是两个人吵了一架，不是有史以来最大的一架，也不是最伤筋动骨的，那一架其实有点平常，相对那些习惯了暴吵的夫妻，他们那一架顶多只是争了几句的水平。很多事情看似不相干，却有着难以解释的关联，他们刚吵了不久，她就接到同学邀约，说要一起趁淡季舒舒服服去趟厦门，她去了，那一趟玩得很开心，回来的时候，正当她拿出手机，想通知他像以前那样来接站时，突然停了下来，也许她想到了出门前的吵架，也许还有什么别的不可名状的原因，她不想通知他了，虽然包裹有点多，但并非完全不能自己解决。再说，他知道她这一趟的日程，知道她回来的航班，如果他想来，就应该默默站在出口处迎接她。结果什么都没有。她有点受打击，一种崭新的东西在慢慢抬头，她决定以沉默和不在乎来对抗他。当她一路吭哧吭哧爬回家里时，他正舒舒服服靠在沙发上看电视，他的悠闲越发激怒了她，她不知道他早就生她的气了，她临走前竟然不跟他打个招呼，只留了个字条，这算什么？他是聋哑人，还是忙得不着家？他明明二十四小时都待在家里。总之，两人就这样闷着头各生各的气，没两天，他们就习惯了这种状态，其实挺舒服的，该吃饭吃饭，该睡觉睡觉，还不用废话，也不用看彼此脸色，偶尔外出，也不用请示汇报。久而久之，和解失去了动力。这时他已从单位出来，闲在家里，有个周末，两个女儿回来了，他在饭桌上说：想去开网约车。女儿们都表示支持，她就像没听见一样，不予理睬，她知道他吃不了那个苦，以前给领导开车，开出架子来了，普通员工偶尔蹭他一回车，他倨傲得没办法，像是给了人家一个天大的恩赐，这种人开网约车根本吃不消。果然，下一次家庭聚会的时候，他又在饭桌上说：算了，一想到随便哪个张三李四王二麻子都要来指使他，心里就有气，反正只差两三年就可以办退休了，自己也算工作了一辈子，现在只想彻彻底底地休息。再往后，他开始有规律地去钓鱼，去逛公园，但还是止不住发胖的趋势，几乎一个月一个样，她不知道他怎么会胖得那么快，夏天穿个巨大的短裤在屋里晃来晃去，像一只巨大的晃晃荡荡的热水袋。她洗衣服的时候比画过，他一条裤腿可以拿来给她改条裙子。她一看到那个颤巍巍的肚皮，就想夺门而出。但那不可能，除了这个家，他们没有第二个栖身之处，所以只能把自己排得满满的，尽量减少在家待的时间，她发了疯似的把自己的日程排得满满当当，她有两个广场舞群，还有声乐班、中国舞班、国画班、摄影班、象棋班、烹饪班，忙得吃饭都没有时间，总是随身带着一只双肩包，里面装着保温桶和水杯，到饭点了就咬几口自制的菜包子。晚上她回家，他不是瘫在沙发上看电视，就是靠在某个地方打瞌睡。她赶紧准备简单的晚饭，他还在愁眉苦脸地吃，她已经进了卫生间，洗澡去了。接下来她有作业，国画班作业、象棋班作业、声乐班作业（乐理）。她越忙，就越瞧不起他的昏庸拖沓状态，就越不想看他一眼。

两个孩子都是马大哈，根本没发现他们有什么不对头。其实稍微用点心，比如认真观察一下对话的走向，就能发现一些蛛丝马迹，比如她们的妈妈从不直接跟爸爸对话，她们的爸爸也从来不问妈妈。可惜她们从未想过要去关注这个问题，在她们看来，爸爸妈妈就像家里的灯具，只要他们还亮在那里，家就平安无事。

时间一长，她慢慢从中体会到了难以置信的自由。她把他当空气，不吵，不骂，也不说话，更不跟他过夫妻生活。她在床上放两床被子，把自己严严实实裹进被筒里，戴上眼罩，这就等于独居。她料到外面的大床一般是不提供两床被子，于是她在行李箱里悄悄放了个睡袋，有了睡袋，什么样的睡床她都可以复制独居效果。

当初宜都的亲家提出一起过年的打算时，她犹豫过，他们的关系早就让她失去了全家一起去某个地方做客的念头，后来她发现，并不需要一直待在亲家家里，只是在亲家家里暂停，然后一起去重庆，这样一来她就没必要担心了，人越多越好隐藏自己的心病。万万没想到，这个计划会在亲家家里卡住。

亲家扬扬自得的家并不像他描绘得那么好，房间很小，仅仅用来睡觉还可以，一旦像现在这样白天黑夜困在屋里，马上就显出它的狭小和压抑。白天还好说，有孩子们可以说说话，可以在过道里走动走动，一到夜晚，她就觉得这屋子里弥漫着一股奇怪的味道，冷冷的，腥腥的，略带狐臭的，类似脚气的，类似口臭的，从某个地方幽幽发出，不停地往外喷，她把窗户打开一点点，半个多小时后，才能稀释掉一些。然而晚上太冷，不等她稀释好，房间里就冷如冰窟，只得关窗。她最怕清晨醒来，密封了一夜的气味令她猛地翻身坐起，冲向卫生间，像当年的孕吐一样。当然不可能是孕吐，也不是肠胃的毛病，原因在于那些不便说出的味道。她小心守护着呕吐的秘密，在被隔离的特殊时刻，任何一种不舒服，都令人产生联想。

她只在一件事情上可以公开表示她的厌恶，他喜欢不戴耳机播放手机上的视频，每当他干这事时，她就皱着眉头，满脸忍无可忍的表情，女儿们立即站到她这边，一起谴责父亲。她从这事上看出了某种希望，说不定终有一天，她的痛苦和隐忍可以流露一二。

有一次她听到了姐妹俩的对话。

姐，你说，咱爸妈还有爱情吗？

应该没有了吧，年轻时估计还是有过的。

怎么觉得咱爸看上去像个阉人呢？

两姐妹的嬉笑声中，她红了脸，然后，她为自己流下了眼泪。她为自己伤心，也为她们悲哀，她年轻时也像她们一样，等她们老了，未必不会像她现在，但她不会告诉她们这个真相，她们还小，且让她们尽情享受几年。

即使无风，裁成一条一条的悬挂着的雨衣帘子，在空气中也有粼粼翻动的气象。其实很好看。

已经晚上九点多了，刘玉成端着一托盘冷菜，肩上挂着一只藤编篮子，里面装着他的酒具，一路大声喊着爸爸，来到二楼。

单为这恼人的帘子，今天晚上他也必须跟吴爸爸喝点夜酒，算是赔罪。

有了帘子，他决定两人共用一张桌子。他带来两只睿睿夹头发用的夹子，两边各夹一顺，把雨衣帘子夹出一个人字形门脸来，方凳托着的托盘正好骑在这门脸中间，两人一个帘内一个帘外地坐着。

吴爸爸呵呵直笑：聪明！会想办法！跟垂帘听政一样，好玩！

刘玉成一个劲地道歉：实在没脸见人，我先自罚三杯，为我这群混账儿女。

照你这意思，我女儿嫁了个混账家伙？

他们今天喝吴爸爸带来的茅台。吴爸爸说：这可是好东西，以前我老板还在位时，帮他身边几个人搞的酒，都是用来进贡的酒啊。刘玉成舔一下开瓶盖的手指：那我更不能浪费，不过，爸爸你说，如今这些年轻人怎么都不爱喝酒了？我记得我们年轻时候就对酒很感兴趣。

他们现在可喝的东西多了，一天到晚可乐奶茶，喝得钙流失，牙齿发黑，这种生活方式迟早会受到惩罚的。

子书也是，一天到晚都是可乐，一天不喝就不舒服，还蛮有理由，说那些大城市的IT精英，天天都喝这些，所以他们才是IT精英。

这不算什么，我最看不惯的男男女女都把“颜值”这个词挂在嘴上，一个人做成点成绩没什么好稀罕的，如果这个人同时还很漂亮，那这个人马上就成了他们的神，这种风气不好，直接导致虚荣、自私，整个社会缺乏一股阳刚之气。

对的对的，还动不动就这个人资源好，那个人有人脉，什么叫资源？什么叫人脉？不就是关系吗？这也太赤裸裸、太不要脸了。上次子书单位搞内部竞岗，我让他报名，他不想，说他没什么资源，人家不会用他的，我说你兄弟姐妹都不差，怎么没资源了？他说他们这些资源加起来还不如李莉的妈妈，李莉的妈妈也在银行工作，是个老出纳，已经退休了。

后来真没参加竞岗？

没有呀！这样下去这个社会完了，那不变成一小撮人的社会了？

可不是嘛，有本事的人拿不到门票。

拿不到！读了博士都不一定拿得到。

我早就看透了，所以我早早地退休，洗脚上岸。

我们是可以洗脚上岸，他们不行啊，年轻人太可怜了，所以他们回到家里任性一点，不讲理一点，我都不跟他们计较，算是给他们一个出气的地方。刘玉成说着，瞄了两眼雨衣帘子。

吴爸爸好像明白了刘玉成话中深意，没及时给出回应，只举杯邀酒：来！别管他们，喝我们的酒。

爸爸，尝尝这个熏猪肝，我认为这是一级下酒菜，打小开始，我就看我父亲一口酒一口熏猪肝，现在，他这一套原封不动被我继承下来了。

肝是个大菜呀，有一年我们去一家米其林餐厅，那个鹅肝……

一条雨衣掉下来，正好落在托盘里。吴爸爸想要站起来重新粘上去，刘玉成一把抢过去，揉成一团，摔在地上：算了算了！我本来就极不赞成。

听他们的吧，世界迟早是他们的。我们能做的也就是躲在角落里喝点酒而已。

刘玉成晃晃酒瓶：你看看，我们今天进度还可以哦。

主要是下酒菜好，我来排个名次，油焖枯蚕豆第一，熏猪肝第二，烤香肠第三，兔子脑壳第四，牛舌第五。

油焖枯蚕豆第一是吧？好，我记住了，等我民宿搞起来，这个菜一定要上菜单。

一瓶酒还剩最后一点，吴爸爸说：全给我算了，你还要端托盘下楼，莫把盘子摔了。

刘玉成也不客气：也行，那，我们明天再战？

紧挨着过道的房间里，圆圆一边玩手机，一边听着外面喝酒的动静。两个酒友分手后，又过了一会儿，圆圆轻轻起身，旁边，子建的鼾声早已平稳，如同大地的呼吸。

她放轻脚步，借着手机上的电筒，去把过道尽头的窗户打开了半扇，回头一看，雨衣门帘果然轻轻飘扬起来。

雨衣很脆弱，持久用力，自然会从挂钩处扯断。她很机智地没有把那些雨衣条全扯断，而是不规则地留了几条，扯下来的雨衣条，风自然会把它们吹到某处。这是她给风留的作业，风会替她承担一切。

然后她回到房间，子建鼾声如故，她有种事成之后的愉悦感，这是正义的反击，我们已经很认真地在隔离了，你们别想把空气也阻断，空气不分楼层，不分地域，空气是大家的。

现在可以睡得着了，为了避免两个身体紧贴成橡皮膏的样子，她说服子建把被子横过来盖，这样一来，被子是够宽了，但又不够长了。她又想到一个好办法，把两人的羽绒服包在脚上，这比被子还暖和。她侧卧着，想象那几条雨衣帘子此刻正被风吹成了什么模样，一个人偷偷笑了。早上，他们安装这个门帘的时候，她就计划好了这个行动。

这个地方，今生今世，她都不会再来了。她上小学的时候，班上有人得了腮腺炎，全班被迫隔离，不能去操场，不能上体育课，下课也不能出去玩，只能困在教室里。后来她和好朋友找到了自己的秘密乐园，她们看上了隔离班级的专用厕所。她们在便池与洗水池间的空地上玩跳房子，忘记了厕所的尿骚味，并且找到了置身操场的感觉。她们的秘密最终还是被人发现了，因为有人觉得她身上有臭味。他们远离她，嘲笑她，怀疑她在上厕所这件事上有不合格操作。那时候，她就体会过愤恨难消的感觉，必须做点什么！必须！但她不知道该怎么做，她像所有的小学生一样，行动能力较差，只能闭着眼睛，发出她短短一生中最长的嚣叫，声音穿透墙壁，穿过几个房间，传到校长耳朵里。她被叫到校长室，当她坦白她和她的好朋友如何在厕所间跳房子时，她看到校长的眼底有了一丝丝湿润的亮光，校长原谅了她们。那时她就知道，如果你被欺负、被压抑，你是可以做出反抗的。那些不做反抗的同学，并未得到表扬。

她睡不着，忍不住在手机上问姐姐：睡着了？

姐姐没反应，这说明姐姐已经睡着了，她有点失望。

正当她也准备睡过去时，姐姐回她了：没。

她马上说：我过来了。她把缠在脚上的羽绒服解开，往身上一套就走。

经过门帘地带时，她看到散落在地上的雨衣条，突然决定，她不能告诉姐姐她看到了什么，她最好什么都不说，说什么都不如不说来得简单，与其管住别人的嘴，不如先管住自己的嘴。这也是保护姐姐。她被自己的英雄行为感动了。

她奇怪姐姐完全没有睡意，不仅如此，姐姐眼里闪动着显而易见的兴奋。

跟姐夫聊着呢？

他？没有。他跟我们一样关在家里，哪也不能去，有什么好聊的。

那你干吗这样？如果不是在隔离期间，我都要怀疑你刚刚是不是出去偷情了。

是吗？有这么明显吗？姐姐立刻用手机给自己拍了张照。哇！眼睛里有星星哎！哇！原来……你还记得宜修吗？

当然记得，外号小和尚，小学霸。算你的初恋吗？

不算吧，不知怎么就被传成那样。他也被困在宜昌，他有亲戚在那里，离我们这里只有二十几分钟车程，我们不见个面都说不过去呀。反正我已经告诉了他我的地址。

你忘了？我们出不去，我们在隔离。

又没有上脚镣对不对？再说，我还不确定人家是不是想见面呢，我只是觉得意外，以前一点消息都没有，现在突然就出现在你面前。

给我看看小和尚的样子，有他照片吧？

姐姐爽快地找出一张照片。只是一张头像，五官还算端正，但说不出什么特色，细框眼镜后面，一双眼睛显得很执着，也许不是执着，而是强势。

都这么多年没见了，不一定还能说上话。

陌生才能让人兴奋呀傻瓜。

手机又亮了，姐姐坐回被窝里，两只大拇指飞快地按动。毫无疑问，对方是小和尚。

看来，你已经找到精神寄托了，就算人家用铁桶把我们封闭起来，你也可以安安静静天长地久地在这里待下去了。

待在这里也不错啊，你别多想，他姐姐肯定有病，我见她第一面就知道她是那种人，自以为是，神经质。你没看她那个鼻尖，尖得像锥子，还有额头上的那个“川”字纹，这些都是她难以相处的记号。这是在她自己家里，大家都依着她，不跟她计较，在外面，她肯定是个超级讨厌的家伙。

姐姐撂下圆圆，重新一脸花痴表情地扎进和小和尚的对话中。圆圆无聊地退了出来。路过门帘处，因为心里烦躁，她又去扯了一把，现在，上面一排雨衣条，已经只剩五条挂在那里了。

第八天

早上，子夏下楼的时候，吓得叫出声来，雨衣门帘几乎全掉了下来，只剩下面一层还有两三条狼狈地挂在那里。

她去把刘玉成叫来看，刘玉成皱着眉头，往窗户那边翘了翘下巴：肯定是过道的风，我昨天就发现这个问题了。

他并没有说出心中的疑惑，天刚黑的时候，是他关的窗，他记得清清楚楚，他会在早上再打开，通风个把小时后，再关上。他一直都是这么操作的。

先吃饭吧。他匆匆回到餐桌。

小马走了，秀枝和李莉接管了厨房，早餐无论品质还是数量都应声下跌，就只有鸡蛋面条一种。因为担心面条坨了，二楼的早餐只能等刘玉成跟亲家联系好以后另行准备。

子夏突然把筷子往面碗里一插，指了指二楼：我敢肯定，是他们扯下来的。

没有证据别乱说。里里爸爸小声说。

我不需要证据，我的直觉就是证据，子建的媳妇，我跟她对过几次眼神，肯定是她搞的。

一把年纪了怎么还是不成熟呢？刘玉成打断她，我都已经说了，是风，穿堂风吹了一夜，能不掉？说明你们没挂好，一次性雨衣本来就不结实，何况是裁剪过的。

你包庇她！

真是替你担心！就你这种处事方法，你说实话，你群众关系怎样？邻里关系怎样？前些年你说你在支援非洲，你跟非洲人处得怎样？

里里爸爸大吃一惊：你还去过非洲？怎么从没听你说过？

去你的！别乱插嘴。

刘玉成握着筷子的手抖了一下，如果子夏并没有去支援非洲而是在撒谎的话，那就说明她有个了不得的大秘密，她身上一定发生过什么不好的事情，导致他们五年里都见不到她。

子夏没觉察到他在走神，她不肯忽略任何一轮对她的攻击，哪怕这攻击来自自己的父亲。

你觉得你的群众关系很好哈？那又怎样？熬了一辈子，是升了官还是发了财？不就是个一事无成的普通老头子吗？别以为你弄了这个房子有多了不起，那都是沾了妈妈的光，否则你连地皮都买不起。

从来没人这么评论刘玉成的一生，很伤人，却也没法反驳，因为句句属实，如果不是秀枝的户籍在此，他连想都不敢想。但不管怎么说，现在不适合吵架，父亲跟女儿也不适合吵架，更不适合当着女婿的面吵架。他起身离开，打开了电视。

帘子你还是要继续搞！子夏突然转向里里爸爸，你不会是个假工程师吧？连风的因素都估计不到？

吃饭吃饭。秀枝第一次对门帘发言，一会儿我去把我房间的窗帘取下来，那个做门帘应该是最合适的。

一抬眼，刘玉成正冷冷地盯着她，那眼神让她心里一震，她想起他昨晚对她说的话：越是这种时候越是要小心，把二楼的人得罪了，子建在他们家的地位几十年都扳不过来。马上改口：不过要有轨道，没有轨道也装不上去。

李莉只喝了一点面条汤，吃了一颗鸡蛋就回房了，全员宅家她一点都不着急，她已调整好自己的节奏，一日三顿改为一日两顿，既省钱又不会长胖。子书不在她一点都不担心，她还遗憾自己怎么没有这机会呢，她在银行上班，长年坐在防弹玻璃后面，她看过一本书，上面说，越是像她这样生活稳定的人，越是充满了冒险的渴望，无奈她是个稳重的人，所谓机会，在她看来，不是可笑，就是荒谬，但子书这个机会，她觉得安全无虞，他可以住在武汉姐夫家里，两个大男人，有酒，有烟，有电，还有车，他过得不要太快活哦，公公婆婆的长吁短叹无非是没见识。当然，她不会把这些想法说出来，她在刘家做媳妇六七年了，早就明白，能不开腔尽量不开腔，别像子夏那么多话，遭人厌。她对二楼那些人也没什么好奇，亲戚就是这样，短暂相遇，客客气气，转身就忘。从这点来讲，她很欣赏小马的做法，她要是小马，她也会走的，宁肯到陌生人家里做，也不要到亲戚家里做，心态不对。

她收藏了一个视频，关于如何把一件男式衬衣改成小女孩的裙子，昨天已经关上房门完成了那件细蓝条纹衬衣的裁剪，今天可以放心大胆地缝制了。不能让婆婆发现，她会嘀咕个没完，儿子的衬衣，等于儿子的尊严，怎么能拿去剪得稀烂，再垫到女人屁股底下去？虽然这女人是他还在上幼儿园的孩子。婆婆的观念很可笑，但她从不反驳，在宜都这个地方，子书是她最理想的丈夫人选，接受子书，就得接受子书身边那些附属物。

她妈妈教过她一个过日子的好方法：找点事做，把时间填满。妈妈常年坚持做的事是织毛衣，几十年的坚持，令她的手艺宛如艺术品，很多人以拿到她的手工毛衣为荣，除此以外，她还会做松花皮蛋、盐蛋，都是无须费力的事情，只需把那些蛋放置在某个地方，让它们自己去发生变化。受妈妈影响，她也有了个小小的爱好，她爱上了孵蛋，各种各样的蛋，把它们放在棉衣做成的窝里，再弄一只灯泡，日夜照着，监视温度计的变化。现在她就有一只这样的纸箱，放在柜子里，定时拿出来通风一次。这次她孵的是孔雀蛋，孵化温度37摄氏度，每两小时翻蛋一次，每天凉蛋一次，每次十分钟。已经坚持十天了，再有十七八天差不多就可以出壳了。她孵过鸡蛋、鸭蛋，孵孔雀蛋还是第一次，她有点紧张，因为她不确定会不会成功。一想到这个三层小楼前将会活动着几只孔雀，她就忍不住想笑。

衬衣改裙子和孵孔雀蛋两件事将她从日常生活中拎出来，置身自己的世界，她在自己的世界里静悄悄地忙碌着，女儿睿睿有小朋友一起玩，很少进来打扰她，真是不可多得的好时光呀。爸爸的衬衣改裙子还没做完，她脑子里又有了下一个工程，她想把子书的一条牛仔裤改成包包。她对这个包包已经有很好的想法。

子书昨晚给她打电话，当时她在iPad上看电视剧《纸钞屋》，她不想因为他的电话中断电视剧，就调成静音，边看边跟他聊。

老婆，辛苦你了！

嗯！

千万千万不要出门，等我回来告诉你外面有多惨。

好的。

这是人类的灾难，地球的灾难，以后没有太多好日子了，幸亏我们只有一个孩子。

唉！

你们吃的什么？还是家里好啊，好吃的东西那么多。

你吃的什么？

快餐面，生萝卜。

生萝卜？你们也太懒了。

快餐面也是吃干的。

为什么？

就像你说的，懒呗！

好意思说！行了，我要洗澡去了。

其实不是洗澡，是《纸钞屋》到了她最不忍中断的情节。

一个人得懒到什么程度才会吃生萝卜、啃干快餐面？电视剧重新点开的刹那，她这样想了一下。

子夏被强行拉到刘玉成和秀枝的房间。

说实话！不要再瞒我们了，这几年到底在哪里？你根本就没去非洲。一直以来，我们都太相信你了。

不管去了哪里，现在人已经完整无缺地站在你们面前了。

子夏说着就要走，秀枝一把拉住了她。今天你非跟我们说实话不可，一直当你快人快语，心里有什么就说什么，没想到你是假装的，以后你要我们怎么相信你？这些年你到底哪几句话是真哪几句话是假？

真真假假，对你们来说有什么重要？又没少过你们的赡养费。

这跟赡养费有关吗？没有你的赡养费我们也不会饿死。我也觉得奇怪呢，既然去了非洲，为什么从来见不到你一张非洲的照片？

我不是爱拍照的人，南京的照片你们见过几张？不也一样没有吗？

如果你不说实话，对不起，你回去的时候我们派一个人过去，天天跟着你，我就不信还发现不了你的秘密。你没资格反对，又不花你一分钱。就这么定了。

子夏不吱声了。

天天为你操心，求菩萨保佑你，想到你远在非洲，身边没个人照应，好几次晚上做梦，都是几个黑人拿着刀子在后面追着你跑……

我没在原来的地方工作了。

两个大人似乎没听懂，你看看我，我看看你。

实话。

换工作很正常，用得着瞒我们？

不是换工作，我坐牢去了。

看看呆若木鸡的父母，子夏垂下眼皮说：我把又又爸爸给砍了。

两个人还是呆呆的，子夏只好继续说：没砍死，他报了警。

什么原因呢？刘玉成看了看皱着眉头有点反应不过来的秀枝，小声问。

我之前已经告诉过你们了，他看上了别人。

你没说砍人。

你们也知道我的脾气，不是计划好的，是一时没忍住。

秀枝终于缓过气来，咬牙切齿地开骂：杀千刀的！他做了错事还报警？怎么不阉了他？

子夏接着说：我正是这么想的。判了三年。

里里爸爸，小赵，他知不知道这些？刘玉成异常冷静。

他没问，我也没说。

尽量不要告诉他。

为什么？我只是还没找到机会而已。

叫你不要告诉他就不要告诉他，没有哪个男人喜欢动刀子的女人。

不喜欢拉倒，我不求任何人。

人家小赵不错，脾气也好，你这种性格，就是要找他这种人，又又爸爸跟你太相似了，两个人都很刚，硬碰硬就是容易出事。

不刚我还瞧不起呢。好了，这事不要再问了，子书子建那里，还是说我那几年去了非洲。

子夏等下！秀枝拉住要出去的子夏：你房贷还清了没有？我们把原来那个小房子卖了给你先还贷吧。她望了望刘玉成，刘玉成点了点头。

不要，我就要还清了。

我们帮你还贷款，不要任何条件，不像……外面的人，帮你还贷款，都是有条件的。

道理是这个道理，但你们还是留着给自己养老吧，别看你们现在好像很好过，你们那两个儿子都不靠谱。看看子建，二楼的人把他卖了他都不知道，子书，似乎很听话，实际上他还没成形，还是个孩子，所以你们还是把钱看紧一点，不要轻易拿出来赞助这个赞助那个。

子夏走后，刘玉成对秀枝说：她已经不是以前那个子夏了，以前的子夏，连鱼都没杀过。

你这是什么意思？我这么好的女儿，不把她逼到一个程度，能做出那种事来？亏你还是她爸爸，不去给她打抱不平，还说这种话！

伙食越来越单调了，这天晚上刘玉成送上来的菜，就只有一个火锅。配菜是一小筐大白菜。

平常日子里，这样吃没关系，但隔离把人隔得实在太无聊了，关注一日三餐渐渐成了每天的主业，少一个菜，或是饭少盛了五分之一乃至六分之一，都成了触目惊心的大事情。

圆圆搅搅火锅里的腊猪蹄，肥多瘦少，实在找不到什么可吃的，他们已经连续吃了五顿火锅了，不是腊猪蹄火锅，就是腊排骨火锅，他们家很少吃这种火锅，他们习惯把腊肉煮熟了切片，当作冷盘来吃。大家都在努力克制。爸爸说，猪蹄美容。妈妈说：煮得蛮烂的。圆圆习惯性地朝姐姐瞥了一眼，开饭时间已过去了一半，姐姐碗里的饭还干干净净，像没动过筷子一样，她一直在玩手机。正想跟她开个玩笑，姐姐突然站了起来，径直往自己房间走。

圆圆悄悄尾随过去。

姐姐进门就开始收拾东西，把行李箱里的东西拿出来，往背包里装。

见到圆圆，姐姐愣了一下，旋即放松下来，在圆圆耳边说：我要走了，有个往武汉送蔬菜的货车，我可以搭便车。

哪里来的消息？谁找的便车？靠谱吗？

小声点，别让他们听见，是宜修帮忙找的，他亲戚就是那个开货车的司机。

现在有几个人？你，宜修，还有谁？

两个人已经有点嫌多啦，进城的时候得藏起来。

圆圆又生气又震惊：你就这么走了？不管我们了？

我没有办法呀，又不是我的车，再说你得留下来，还有爸妈在这里呢，他们得靠你，没有你在这儿，他们算怎么回事？他们靠你，你靠子建，求生链才是完整的。放心，他们不会只送一次蔬菜的，下次再有机会就联系你，不过你要保密，切记切记！

姐夫也是出于这个考虑才走的吗？

我不知道他是怎么想的，反正现在看来，他是走对了。困也要困在自己家里，不是吗？

我不管，我要跟你一起走。

不行！坐不下！驾驶室就那么大。

那你问问宜修，还能找到运蔬菜的车吗？下次我带上爸妈一起走。

这个很难说，等我亲自体验一下路上的情况再告诉你。现在你出去吧，小心你的表情，不要泄露出来。

几点走？

早得很呢，我走的时候，这个家应该正在沉睡。对了，作为报复，我不会告诉他们我是搭便车走的，我会给他们留个字条。我要让他们去猜、去想、去内疚。你就当什么都不知道。

从姐姐房间出来，圆圆一直心神不宁，先是姐夫，现在是姐姐，下一个会轮到谁？她感到惭愧的是，她竟然从没想到过逃走，难道她真把这个并无好感的家当作自己生活中的一部分了？

趁着子建洗澡，她又去了姐姐房间。姐姐已经收拾好她的双肩包，和衣躺在床上。根据约定，还有一个小时她就要出发，去对面公路上等着。

这么远，这么黑，我送你吧。

不用，目标太大了，我一个人神不知鬼不觉悄悄溜出去最好。对了，你千万不能说你知道了我的计划，你最好跟他们闹一闹，最好流露出我是迫不得已的意思，总之，要让他们感到我的不满。我的确挺生气的。

爸妈那里，我要怎么说？

什么都不要说，我已经写好字条了。

桌上茶杯下面压着一张折叠好的字条。

伯伯、阿姨，你们好！

请原谅我不辞而别，我要是正式向你们告别，你们一定不会让我走的。非常感谢这些天来你们对我们一家无微不至的关怀和照顾，每天都过着饭来张口衣来伸手的生活，这让我感到惭愧，但我不能再这样下去了，我怕假期结束后，我连路都不会走，连跟人交谈都不会。请放心，我的目的不会是别处，我只是想回家，如果顺利，几个小时后，我就能坐在家里把电话打到这儿。

再次感谢你们的邀请，感谢你们的盛情款待。

很温和很外交模式嘛。你会直接回家吗？姐夫知道你的计划吗？

我什么都没跟他说，我特别想看看我不在的时候他把家搞成了什么样子。

那个宜修，他会跟你一起回家吗？

不知道，不作预设，不加思考，顺其自然。

我觉得你不会跟他私奔的。

凭什么这么说？

因为你长得不像个私奔者。

滚！别再过来了，我上了车会给你消息。

回到房间，她激动得坐立不安，子建照例对着电脑坐着，姿势长久不变，有时她真怀疑他只是坐在那里出神，并不是像他讲的那样，在阅读，在思考。她想去爸妈那边坐坐，敲门之前，她看了下时间，十二点多了，他们肯定睡了。只好回来。

凌晨一点差一刻，姐姐的消息终于来了，只有两个字：已成！

她起身去洗澡，一个人在卫生间兴奋不已，靠着台面翻看以前跟姐姐的聊天记录。看到以前她们聊吃饭的问题，姐姐说：你姐夫做饭越来越难吃了，我得去搞个外遇，听说内疚感可以改变味蕾。她咧嘴笑了起来，有时候，她很羡慕姐姐的生活状态，和她相比，自己反而活得像个前辈似的忧心忡忡。

第九天

早餐送上来了，粥、鸡蛋、水果，今天还额外送了一人一小袋独立包装的南瓜子。

如果这时把姐姐的字条拿出来，早餐就要退一份回去了吧？圆圆盯着南瓜子，突然有了个想法：我可以晚一点发现纸条，我不可能一起床就去姐姐房间，反正谁都知道姐姐爱睡懒觉。

爸爸妈妈像往常一样，让圆圆过会儿去叫一下姐姐，不要起太晚了，对身体不好。

圆圆嗑着南瓜子说：让她睡吧！这么早去叫她她肯定烦。

三楼的子夏下来了，她拖着一块白底蓝花的窗帘，里里爸爸跟在她后面，拿着锤子和一小卷铁丝，放下这些东西后，他架起折叠梯子小心翼翼地爬了上去，从口袋里摸出一枚铁钉。

圆圆走出来，向子夏和里里爸爸打招呼。

还要拉帘子呀？你们真是两个执着的人呀。

等你有了孩子，你就理解我们了。

可见你们不懂你们的孩子。没有帘子，他们根本不敢靠近这里，路过二楼都是贴着墙边走，有了帘子，他们肯定要扶着帘子往里面望一望，只会比没有帘子时靠我们更近。不信我们打个赌。

里里爸爸停止手上的动作，看着子夏。短暂的犹豫过后，子夏果断地说：我会去警告他们。你这个人怎么这样？这么容易动摇。

圆圆站在梯子下面指指点点，出谋划策，好像他们三个是一个行动小组的。子夏有点意外。

谢谢你，孩子们在学校动不动就被隔离，我已经被他们整得神经过敏了，如果没有这两个孩子，我根本不赞成让你们隔离，大人真的无所谓，谁不是活了好几十年了，谁还会怕？

我听说这回孩子们都不要紧，孩子们都被赦免了。

啊？子夏用异样的目光望着圆圆：你说话好毒啊，你毒到我了。

说话间，里里爸爸已经钉好两边的钉子，将一半帘子挂了上去。

印花帘子效果不错，圆圆偏着脑袋欣赏之际，里里爸爸又开始挂另一半了。子夏说：这回不会再被风吹落了。

你从来不考虑风水这类问题吗？圆圆把瓜子皮吐在手心里，斜着眼睛问子夏：在家里，帘子的地位相当于门，门绝对是风水里的重要一环。听说你们以前的房子很小，跟别人共用一个大门，那个大门利阴，所以你那几年成绩不错，高考也顺利，后来搬了家，大门朝向变了，子建和子书的运气也变好了，不知那几年你过得怎样？

子夏渐渐严肃起来：你听谁说的？

肯定是子建告诉我的咯，你们家的事，我只能从他那里听来。

你懂风水吗？

我不懂，我只知道不要轻易动它。

子夏的脸瞬间明亮起来，果断地说：这里只是过道，又不是门。再说，风水这一套早就失效了，因为整个地理都改变了。

地理的确改变了不少，但运势好像仍然存在，你说呢？

这以后，帘内帘外的人都不再吱声，圆圆直直地站在离他们两米开外的地方，看着他们一步一步完完整整地挂好两片帘子。里里爸爸收好折叠梯子，两人一前一后往楼下走去。

圆圆看了看姐姐的房门，重新回到小客厅里。现在还不到公布姐姐消息的时候，得让他们谁发现才好。不过，姐姐那边为什么那么安静呢？就在子夏两口子下来挂帘子之前，她给姐姐发过信息，问她到哪里了，但姐姐没回。也许路上没信号，也许在车里睡着了。

午饭又来了，大家都坐定后，妈妈说：你姐姐呢？

圆圆早就等着这话了，直奔姐姐房间，到了该公布那个炸翻全家的消息的时候了。

她回头大喊一声，爸爸妈妈就全过来了，子建也跟着过来了，他们翻她的被子，打开她的衣柜，推开窗户往外察看，又去卫生间里找，其他房间里找，整个二楼都搜索遍了。这时，圆圆惊叫一声，拿出那个水杯底下的字条。

她到底什么时候走的？

不知道，昨晚十点多我还见过她，一切正常。

面对接二连三的质问，圆圆拼命保持镇静。一口咬定：她真的什么都没跟我说，我觉得她应该是做好了准备的，这么远，她又不能步行。

赶紧打她电话！很快爸爸就败下阵来：她关机了。

爸爸又拨出一个号码，做了个噤声的手势。现在他像个总指挥了。

喂，老大。你在家吗？大宝也回来了，她到家了没有？

姐夫的声音很大，很急，像在吵架，爸爸突然把手机从耳朵边移开，摁开了免提，姐夫的声音猛地在房间里炸响，一听就是隔着口罩发出来的声音，有种奋力挣扎的感觉，听上去头皮发麻。

……我现在在外面，我还不知道她到家了没有，她要回来怎么也不跟我说一声？她怎么回来的？你们为什么不留住她？她到底什么时候走的？汽车还是火车？对了，火车飞机早停了，那她肯定是坐汽车，客车也没有了，那就只能是便车，她坐谁的便车？圆圆呢？让圆圆听电话。

圆圆凑近手机说：我不知道，她什么都没跟我说，她是悄悄跑掉的。

让她出来一趟也好，出来一趟她就知道还是待在家里好。身在福中不知福。

爸爸抢着说：什么叫出来一趟也好？你就一点都不担心吗？

爸爸你放心，她心大得很，她不会有事的，我马上打她电话。

哦，她关机呀，那可能还在路上。爸你不用担心路上，现在只要不得病，就安全得很。

电话里传出几声汽车喇叭，有一两个人在里面大声嚷嚷。爸爸问他：你这是在哪里呀？

哦，在外面，我和子书出来买点东西，很不容易买到东西啦，刚刚弄到几个生萝卜。

然后就是剧烈的咀嚼声，那是吃生萝卜的声音。

你们家里没东西吃吗？你们不是在超市买东西呀？听起来像在野外一样。

哈哈，爸爸你说对了，现在哪里都像野外，因为到处都没人。好了，我先挂了，因为我要等她电话，搞什么嘛？到现在都不跟我联系。

回到房间，子建一改往常睡意绵绵的眼神，激动地对圆圆说：现在我知道为什么人家说孩子是家庭的凝固剂了，你姐姐姐夫之所以会做出这种事，就是因为他们没孩子。

什么叫做出这种事？你认为他们做了什么事？

说走就走，完全不管别人的感受。你不觉得他们的行为应该受谴责吗？

他们说走就走，让你感到不舒服，这是你的感受，不代表别人的感受。比如我，我就不觉得他们应该受到谴责。

我知道你心里有不满，我知道那个塑料帘子是你扯掉的。

你没有证据。

那天我并没有睡着，我看见了。

谢谢你包庇我，没去举报我。

我已经向爸妈举报过了，因为我要是不举报，你爸妈和你姐姐就会蒙受不白之冤。

真的吗？圆圆突然脸色发白，但仍然笑着，你真的去举报了你老婆？

为了你的家人，你做个小小的牺牲，没问题吧？我爸妈他们说能理解你。

是吗？他们理解我？他们这么好？真是，唉！我真的……我没想到你会如此卑鄙，你是我认识的最最卑鄙的人。我觉得我没法跟你生活下去了，真的！我实在不能接受。我不能跟背叛我的人生活在一起，这绝对不行。

这怎么是背叛呢？我向爸妈说明情况，是为了保护你，我不去说，你也在他们的怀疑范围内。

是啊，先是怀疑，然后去举报，自始至终都不对我说穿，接到举报的那一方时时刻刻对我笑脸相迎，刘子建，你，还有你们家人，你们一个个都好虚伪啊。

就算我们虚伪，动机也是美好的。

我怎么一点都不觉得美好呢？相反，我极度不自在，极度反感，极度恶心。

我不想跟你说了，你自己去想，我是不是为你好。

毕业论文通不过，已经够糟心的了，没想到人品还有重大问题，我真是瞎了狗眼！

圆圆一扭身出了门，姐姐不在，正好给了她一个单人房间。她甚至有点感谢子建突然又给了她一个闹翻的理由，这回下定决心了，回去就跟他离，这人不值得守候了。主意一定，她反而心里轻松起来。

姐姐就在这时来消息了。

吓死我了！家里没人！你姐夫不在家，他根本就没回来过，家里连水电总阀都没打开过，这臭小子一直在跟我们撒谎！

两人在手机里叽叽哇哇尖叫着喊了一通，圆圆突然想起一件事来。

宜修，他也在我们家吗？

屁话！他他妈根本就没上车！还说：我没说跟你一起去武汉呀！我真是惊呆了！上了车，我往上翻我们的对话，果然，从头至尾都只是我以为而已，神经病！戏弄老子！无耻混蛋！不跟我一起上车干吗那么起劲？我已经拉黑这个人了，这辈子，我都不想再看到这个名字了。

那么大一个加油站，只停着子书一辆车。到处都看不到人，没有车，没有人，也没有声音，世界仿佛屏住了呼吸，马路上的水泥缝里，反倒长出天真烂漫的九捻灯来了，像头发丝那么细的小茎，缀着两三个嫩绿的小圆叶片，像婴儿指甲般娇嫩。

姐夫正在接他老婆的电话。跟出发时相比，他的样子变了许多，头发长长了，胡子也长出来了。

你骗鬼啊！我现在就在家里，老实交代！你到底躲在哪个烂女人家里?

姐，我们用视频，我让你看看我在哪里。

子书笑起来，把老婆叫姐，他总觉得有那么点不正经的味道。

姐夫不断地转着身子：看到了吧，看到了吧，祖国大地，一望无垠，多么静谧，多么安详。

镜头转向加油站旁边的一个超市，姐夫喊一声子书，子书赶紧从超市跑出来，凑到镜头前笑嘻嘻地喊姐姐。

这是哪里的加油站哪，这么荒凉，眼睛睁大点，别加到假油。姐姐的眼睛突然就湿润了。

哈哈哈，那不会。我也不知道这是哪里的加油站，反正没出湖北省。不是我不想回家呀姐，我早就归心似箭了，无奈人家不让我们进，又不能停在路上，只能在外面转悠，我都不记得转了几天了，哪里能走我们就往哪里走，白天黑夜都在寻找允许通行的路。住嘛，今天晚上说不定就住这个加油站了，毕竟这里有屋顶，还有厕所，条件不错。总之，边走边看边找机会吧，这回我算知道什么叫流浪了。对了，我身上臭了，好臭好臭，你看到我不许嫌弃我。

子书发现了快餐面，大喊着拿在手里晃给姐夫看。姐夫说：姐我要挂了，我们发现好吃的了。

这个超市真不错，除了快餐面，还有饼干和榨菜，尽管超市里就他们两个顾客，两人还是一包一包飞快地抓起来往怀里塞，生怕别人抢走了。

你说了实话？子书问姐夫。

没有，怎么可能？你也准备准备吧，很快就轮到你了。姐夫摸摸脸颊：为什么就没有剃须刀呢？这一带的男人都不长胡子吗？姐夫是个络腮胡子，加上他戴眼镜，头上还扣着一顶棒球帽，一张脸就剩了一点点鼻头。

你去抢银行的话，都不用化装了。

再看看有没有皮带，我裤子快要挂不住了。

两人又回到货架边，子书说：我看到了松紧带。

看到那种细细的带花点的松紧带，姐夫冲子书挥了挥拳头，那是用来装在睡裤或是儿童裤子里的。

最终也没找到皮带，子书说，我有个办法，你在裤腰里插两瓶矿泉水。

姐夫想了想，真抓起两瓶矿泉水，往裤腰里插去。

超市借给他们开水，每人泡了两碗，吃罢，心满意足，人也跟着站直了不少。子书打开高德地图，姐夫说：要不是这两天总在兜圈子，我们早就到了。现在你看，还没走到一半。

他的手指在终点那里点了一下，那里是九华山。这才是他们没敢说的大实话。

能不能到九华山无所谓，几时到也无所谓，重在过程，就为你那些照片，我们这一趟值得。

现在才知道我那些周末骑行没白搞，没有那些周末，我想不到这个办法，我的摄影技术也不会有所提高。

所以人要会玩，像我这种啥也不会只知道上班的人，真是可怜。不管啦，以后我就跟你混，跟定了，我已经想好了，一到周五，我就开车往武汉赶，周日晚上再回来，我再也不会把周末浪费在家里、浪费在我爸的破园子里了。

那也很有意义，你爸不是要搞民宿吗？你帮他一起搞，慢慢搞起来之后，可以认识很多有意思的人。真正好玩的，是深度认识不同的人。

他那个民宿搞不起来的，因为宜都这个地方，没什么亮点，吸引不了人。

不可能，任何地方都有它的亮点。其实我刚到你家就有这个想法了，没机会跟你说而已。你想想，你们家的腊肉多好吃，不过，我记得腊肉做得最好的是长阳五峰对吧？但长阳五峰没有宜都交通方便啊，你明白了吗？

啊！啊！子书用力拍打着姐夫的后背：你为什么不去经商？你会变成大富翁的。

又拍马屁！行了，出发！妈的本来是一路向东的行程，七拐八拐，现在变成向南了，且走走看吧，一会儿说不定还得转回来。

没办法，出枝江都用了两天，平时也就半个小时。可以申报吉尼斯了。

姐夫的手机响了。

姐，我手机快没电了，对，我肯定不着急，我心态特别好，你知道我的呀，第一喜欢户外，第二超级冷静，你放心，出来时啥样，回来时原封不动地还你。那谁，帮你找便车的人，等我回来了我们一起去谢人家。什么？不在武汉？你的社交网络真是发达呀。好，挂了，我先充电。

刚刚挂上，子书的电话也响了，大本营那边刚刚得知他们的消息，顿时炸了锅，乱哄哄像抓捕现场。子书！我的儿啊！你有没有饭吃啊？你在哪里睡觉啊？子书你现在在哪里啊？都怪她姐夫……子书看一眼姐夫，捂着话筒说：我手机快没电了，我先充电，过会儿再打回来。

回头对姐夫说：不好意思啊刚才，你就当他们是不会说话的农民，实际上他们就是农民。

没事没事，换我也这样想。我觉得我还是把手机关了吧，我怕影响心情，然后影响我们的计划。

要不我们俩错开时间，你关的时候我开，我关的时候你开，要是他们完全联系不上我们，会着急的。

可见你在你们家很受宠。

谈不上宠不宠的，他们就是习惯了一直保持连线的状态。

走了一阵，前方又出现了路卡，两辆车堵在前面。

怎么办？掉头吗？子书问。

等一下，看看前面交涉结果如何。

姐夫打开车门，子书急得大喊：不要下！不要！姐夫说：我去看一看。他小心地靠近前面两辆车，第一辆里有人探出头，对姐夫做了无可奈何的手势，在最前面那辆车车旁，姐夫弯下腰，往车里看去。姐夫一直保持那个姿势，看得子书都紧张起来，这样盯着人家看，还不惹出事来？

姐夫蓦地回过身来，迅速上车，对子书说：走！快走！离开这里！与此同时，他拼命往嘴里灌水，咕嘟咕嘟地漱了一阵，狠狠吐出去。

忙完这一阵，姐夫才开始说话：难怪他们不让通过，我在那辆车里看到了两个病人，病得很重很重的样子，我猜就是那种病。

下起雪来了，两人来到一片农田边，姐夫拉开车门跑了下去，子书以为他想尿尿，结果他只是在田边走来走去，也不见他拍照，平时只要下车，他总是拍个不停。不过这里也没什么好拍的，一片荒丘中开垦出来的几块不规则的庄稼田，稀稀拉拉立着几个草垛，像头顶白帕有一搭没一搭聊着天的几个老太。

眼看雪越下越大，子书喊姐夫回来。

拉开车门的那一瞬间，子书依稀看到姐夫眼里有泪光，不禁吓了一跳，他从没看到姐夫有过这种时刻。两人都不吱声，一路默默往前开。

姐夫突然捂住眼睛，抽泣起来。子书慢慢靠边停下。

怎么了姐夫？

如果车里那两个人是要去就医，肯定完了，我感觉他们撑不了多久了，其中一个张着嘴，气都喘不上来，我感觉他看到我了，他的眼睛直勾勾地看着我，我感觉他在呼救，可我什么也做不了，我唯一能做的，就只有逃跑而已。

没事的姐夫，这种时候，能自保、能做到不传染他人，就不错了，至于生死，交给命运吧。

子书，我们要好好的。

会的会的，我们都会没事的。

秀枝和李莉都在哭，一想到子书已经在外面漂泊了七天，她们就哭得睁不开眼睛。他吃什么？睡在哪里？肯定也没有地方洗澡，要是太邋遢，会不会有人当他们是从精神病院跑出来的？刘玉成眼里充满血丝，眼角结着眼屎，从接到消息开始，他就再也没法睡觉了。

哭着哭着，他们想到一个问题，为什么二楼的人就不能安安静静地在家隔离？先是姐夫，后来又是姐姐，六个人跑了两个，三分之一，这到底是一家什么样的人？最后，他们得出一个忧心忡忡的结论：这不是一个安分守己的家庭，子建根本不是他们的对手，他进入那个家，无异于羊掉进了狼窝。

李莉补充道：特别是那个姐姐，我们以前太小看她了，她到底是怎么走的？他们走了七天都没能到家，她一个晚上就到家了，不是封城了吗？封城令对她不管用？她到底有什么神通？既然她有这个神通，为什么还要拉上我们的子书？

是啊，她到底是怎么走的？沿途的交通都中断了，她反而顺顺当当回了家，什么样的大人物才能在这种时刻畅通无阻？她背后肯定有人。

背后没人就跟姐夫一起走了。

一阵意味深长的沉默。

希望圆圆跟她姐姐不一样，我们子建是个老实人。刘玉成也加入到这场对于亲家的非议中来，在此以前，他是很不赞成他们这样议论亲家一家的。

里里爸爸突然插了一句：既然姐姐这么厉害，赶紧让姐姐动用她的资源去找他们两个啊，路上虽然没有人，但监控还是有的，他们也不可能一直走小公路吧？总有上大路的时候，上了大路就会有监控，就能发现他们。

子夏打断他：你这不废话吗？人家那么厉害，难道不知道怎么救自己老公？除非她不想救。

里里爸爸睁大眼睛看着子夏，最后摇了摇头。刘玉成看在眼里，不动声色地往里里爸爸茶杯里续了开水。

这里面思维最活跃的还是李莉，她提议去二楼开个会，这样分开来讨论，没有碰撞，不利于解决问题。

最终，刘玉成在电话里跟亲家商定，在二楼过道的帘子附近开会，二楼一家在帘子里侧，一楼和三楼的人在帘子外侧。

会议一开始就有点僵。刘玉成赔着小心说：实在不好意思，孩子到底年轻，没经过什么大事，这种时候，本来是不应该开车跟姐夫出去的。

李莉不客气地打断刘玉成：你不要这样说子书，好像子书犯了错误一样，子书只是面皮薄，不忍拒绝姐夫的要求而已。我就搞不明白了，姐夫自己有车，为什么不开自己的车，非要拉上子书呢？

帘子那边居然没有声音！刘玉成看看各位，一时也无语。

吴爸爸终于清了清嗓子，决定发声了。

给各位带来了太多麻烦，真的非常抱歉，我们事先并未料到会这样，否则我们是万万不敢来打扰大家的。至于我的女婿，他也不是有不良预谋的，我觉得他是跟子书很投缘，他们见面那天我就看出来了，一有机会他们就在一起聊天，我了解我的女婿，他是个热血青年，平时特别喜欢户外运动，很有艺术感觉，这是他的专业，正是他的性格和专长，决定了他要在这种时候做出一些出人意料的事情，也正是因为这个原因，我们对他的不告而别没有太多的惊讶，平时，他也有不少类似的举动，我们早已经习惯了，但从人品上说，他绝对是个可靠的人，善良的人，正直的人，他不会将自己，更不会将子书置于危险当中，这也是一个常年坚持户外骑行的人的基本常识，其实真正危险的是我们这些从没参加过户外运动的人，因为我们没经历过，不知道危险会来自何方。我理解大家的担心，但事情既然已经这样，我觉得我们不如一起来为他们祈祷，希望他们能逢凶化吉，早日回家，好不好？

李莉又说：我觉得姐姐肯定有很多资源，为什么不请姐姐帮忙，找人看看子书他们现在在哪里呢？

我问过她了，她哪有什么资源！这次能回去无非是运气好，她有个同学，认识一个货车司机，那个司机正好要送蔬菜到武汉，她就搭了个便车，仅此而已。她要是有很多资源，我们还能困在这？

圆圆也站出来说：我觉得我姐姐能回去跟资源和运气都没有关系，主要得益于她强烈的求生欲。她慢慢走到帘子跟前：她困在这里，整晚整晚睡不着，要想活下去，就得想办法走。要是在以前，她肯定会带上我这个妹妹一起走的，但现在跟以前不同了，我除了是她妹妹，还是刘家的儿媳，另外我妈妈身体不太好，如果我妈妈某一天因为空气不流通而发生什么意外，我担心我公公婆婆难辞其咎，所以我得留下来替我公公婆婆做证。

有人在拉她，她一抬手，不耐烦地打了回去：为什么不让我说话？看样子，拉她的人是子建。

长辈之间的交流，你逞个什么能吗？

摆事实讲道理怎么是逞能呢？李莉是长辈吗？她能发言我为什么

不能发言?

帘里一阵小小的拉扯，平息后，子建的声音传来：会开完了吧?可以散会了，圆圆要是有什么话让你们听了不舒服，那是因为她还不熟悉我们家的文化，大家多包涵。

你凭什么这样说我?我哪句话让他们不舒服了?还你们家的文化!请问你们家有什么文化?

你闭嘴!在我们家，在父母面前、长哥长姐面前，不许随便顶嘴，这就是我们家的文化。

子建!圆圆的妈妈发话了，有句古话，当面教子，背后教妻，这也是我们中国人代代相传的文化，我两个女儿都是自尊心很强、很敏感的人，这方面我建议你跟她姐夫交流一下，她姐夫做得很好。当然我也不是说你做得不好，对于现在的角色，大家都是第一次，大家都耐心一点、和气一点，好吗?

妈妈求你别说了。圆圆站起来，抱歉让你看到这样一幕，是我的错，让你丢脸了。不会再有下一次了妈妈，相信我，真的。我退出，你们接着开会。

在所有人的注目之下，圆圆起身离开，她走起路来没有声音，只有关门的咔嚓声在提醒大家，她真的退出了会议。

帘子外边，秀枝也突然起身：我去做饭了。

凝重的气氛伸手可感。

刘玉成说：是我考虑不周，我不应该……我应该，唉，谁能想得到呢？事已至此，我们总归是要打起精神来，据说到了春天就好了，现在遇到困难的不止我们一家，我们好歹都还健康，都有饭吃。说到饭，从现在开始，我们恐怕得调整一下饮食结构了，我买的米还没有送到，不过快了，已经到了最后一站，最近几天如果送来的饭里有杂粮，请大家多包涵。

要不这样吧，我们申请三顿改为两顿，一顿饭，一顿粥。二楼的妈妈诚恳地说。她似乎正在征求爸爸的意见，爸爸说：我没问题。子建也跟着说：我也没问题。

刘玉成在外面说：这样吧，我跟他妈商量一下，晚餐来点改进，我们也来搞点简餐。

第十天

一大早，子夏就在楼梯上气急败坏地大叫起来。

爸！你快来！你的窗帘又被风吹到地上去啦！你家的风真大，这不是一般的风，是台风、龙卷风，是妖风、邪风。

刘玉成小跑着过来，窗帘掉了一半在地上，像一只巨型怪物蜕下的皮。

秀枝也慌慌张张跑过来了，她不像刘玉成，只是呆呆地望着，不吱声，突然她的声音远远盖过了刚才子夏的喊叫。

啊呀！怎么又掉了？子建！子建！你出来！她边喊边往楼上冲，连隔离线也不管了。

过了好一会儿，秀枝一脸沉重地走下来，眼睛红红的，好像哭过了。刘玉成追过去：这是怎么啦？孩子惹你啦？秀枝突然顿脚喊道：他们要离婚了，昨天吵了一夜。

谁？

还有谁？你儿子，子建，他已经答应圆圆了，一回去就去办手续。

说一说而已，年轻人都这样，动不动就要离婚，不信你看，不等他们回家，就和好了。

不行了，好不了了，他们一吵，隔壁的父母也惊动了，不仅不劝和，还说要离趁早。

都是气话，哪这么容易，吃过饭我跟她爸爸好好谈谈。她妈劝离的，对吧？你们女人就是不行，看事情的眼光有问题。放心吧，我去跟她爸爸聊聊，保证效果两样。

我儿子好歹也是博士，不求她，她要离就离，你别去低声下气。

你看你看，你这逻辑也有问题。行了行了，我心里有数。

动不动就吵，就离婚，也不是什么贤惠人，离了也好。离了我儿子还是博士，她什么都不是。

行了，去做你自己的事情，古话怎么说的？不哑不聋，不做家翁。你还这么积极！你也真是！

李莉站起来收碗，今天她的动作格外利索，边收拾边说：爸、妈，把碗收好后，我就带上睿睿去我妈那边了，等子书回来了我再回来。也不等刘玉成和秀枝答话，抱着一摞碗就走。

她这是什么意思？刘玉成觉得她话外有音。

谁不想跟自己的父母待在一起？所以要生女儿呀，你看看我们家那只野物，要他老老实实待在家里，比登天还难。

看来李莉早有准备，从厨房出来，径直回到自己房间，拎出一只大包，放到大门口，才去找睿睿。睿睿正跟几个孩子玩得开心，一开始还不愿意走，直到李莉报出外婆，还有另一个孩子的名字，才从孩子堆里爬出来，去牵妈妈的手。

李莉就这么走了，睿睿跟爷爷奶奶道再见的时候，刘玉成心里从未有过的难受。

前前后后走了几个了？先是姐夫和子书，然后是小马一家，再是姐姐，现在是李莉和睿睿。

你要想想根源在哪里？秀枝看看周围，压低声，一字一句地说：你不该把外人叫到家里来过年！

刘玉成要去捂秀枝的嘴，秀枝躲开了。昏头了你？这能怪人家？要怪就怪这个病毒，没有这个情况，我们现在在重庆，一家人欢天喜地。

两人闷闷地坐了一阵，刘玉成突然振奋起来：既然李莉走了，房间空出来了，不如让子夏一家搬到一楼来吧，大家都在一起热闹些。不用楼上楼下跑，就不用拉那个帘子了，也就没有那些事了。

子书回来了呢？说不定待会儿就回来了，开着车快得很。

他回来了肯定要先去丈母娘家住几天。刘玉成压低声音：等他从丈母娘家回来，二楼的隔离也差不多到期了，可以让他们走人了。

秀枝想想也是，马上吩咐刘玉成：你去帮他们收东西，我来换床上的被褥，其实小马一家走掉的时候就应该把他们叫下来的。

小马那间不是正房，不恭敬嘛。

自己人，还管那么多。

不是还有女婿吗？再说他们是四个人，住不下。

好了好了，快去通知子夏。

晚饭只有一大盆萝卜排骨汤，外加四根煮玉米。排骨是腊排骨，炖出来的汤咸得很，根本不能喝。

送饭的时候，刘玉成再三道歉。对不起啊亲家，再苦两天，说不定就一天，我买的米就到了，他们也尽力了，不到二十里路，中间要转托三次人，才能到我这里。

吴爸爸什么也说不出来，一个劲地作揖。

圆圆宣布不吃，匀给爸爸妈妈吃。都是我不好，把你们拖进了这样一户人家。当着她的面，子建这个蠢货把他们吵架且提到离婚的事告诉婆婆了，这样的饭食肯定就是来自公婆的报复。事到如今，真的非离不可了。

妈妈来到她床边（现在她已正式住进姐姐的房间），劝她多少吃点，她不肯。妈妈附在她耳边说：你好歹吃几口，出去后我对他们说，你一口都没吃。

圆圆瞪着妈妈，最终绷不住笑了。

妈妈舀起一勺萝卜汤，喂到圆圆嘴边，圆圆自己接了过来。

今天跟你姐姐联系了没有？

没。她在家爽得很，通宵追剧，现在肯定还在睡觉。

你要向她学习，老公在外面流浪，吉凶未卜，她依然不急不躁，估计追剧的时候还贴着面膜吧？

向她学习我们家就绝后了，你能同意？

我才不管什么后不后的，我只管我女儿。我观察很久了，父母什么样，孩子也什么样，孩子越大越接近自己的父母，百分之九十的概率都是这样，基本上就是复制父母的一生，生孩子真没什么意义。

圆圆紧盯着妈妈：我让你失望了？

不是对你失望，是对我自己失望，我没有把你培养好，没有让你站到一个更高的位置，你知道你为什么不分青红皂白对博士感兴趣吗？因为你离博士很远，你只看到博士这一点，而忽略了其他，这跟一个穷人嫁给一个富人后并不幸福是一个道理。如果反过来，你是博士，你还会不由分说就嫁给子建那样的人吗？我记得我当时就提醒过你，我说他看上去生活能力不强的样子，也不是很有趣，你还说，书呆子就是这样的。

圆圆看着妈妈一本正经反思的样子，不知不觉咬住了嘴唇，像闺密那样，作为访问学者的妻子，这个国家生活几年，那个国家生活几年，并争取在美国生个孩子，这个内心秘密她没对任何人说过，对妈妈也没有提起过，事实证明她的谨慎是正确的，梦想太大了，即使是自己的妈妈，也会报以讥笑的。

回去就离婚，我已想好了，这叫及时止损。

也不要这么匆忙，回去冷静一段时间再说，也可能跟这个环境有关，有时候，身边有人的话，只会让吵架升级。

这又不是我们第一次吵架，在武汉的时候，因为他喜欢睡懒觉，我们也吵过好多次。我不喜欢男人太懒，也不喜欢男人勤于做家务。

谁不喜欢自家男人在外面有自己的事业呢？可惜这样的男人像星星一样少。

我也不是要他去做那样的男人，我只希望他精神饱满一点，对自己的工作热情一点。我有个闺密，他老公从来不跟她一起过周末，就算是玩，他也是跟他的同道在一起玩，子建呢？一到周末必先睡一个懒觉，然后不是去菜场就是去超市。

我反正是支持你的，但你要想清楚，有可能你下一次碰到的，还不如子建。

我做好了单身一辈子的打算。

如果真打算那样，那你还得提升自己，你想想，物质方面，精神方面，你至少还要单独支撑五十年，五十年需要多少储备呀。

圆圆重新躺下去，闭上眼睛。

妈妈把汤碗放到桌上，在圆圆身边侧身躺下，圆圆以为妈妈要对她说点什么体己话了，结果妈妈只是闭着眼睛一动不动地躺着。

你回去睡嘛，我正在设计离婚后的独身生活。

妈妈动了动，仍然闭着眼睛。圆圆，我告诉你，不当妈妈真的没什么不好，当妈妈实在是太孤独了，看起来她身边总是围着人，还都是喜欢她的人，实际上，那只是喧闹和嘈杂而已，只是把她与外界隔离开了而已。只要你当了妈妈，你就一辈子处于隔离中。

哇！这么深刻啊。

妈妈猛地起身，端起汤碗出去了。

子建很快发来消息：你不吃饭吗？你不吃我也不吃了。她回道：你吃不吃跟我一毛钱关系都没有！

你就不能心平气和一点吗？我觉得我并没有做错什么。

整天赖在床上，什么都不做，能有什么错误？

我在思考我的事情，你不懂！

这下她无法平静了，愤怒地发出一段语音：你现在真是越来越过分了，动不动就你不懂你不懂，莫说你这个博士还不一定能毕业，我见过多少真正的博士，人家从来不说你不懂。你要睡觉就睡觉，要打呼噜就打呼噜，但是，我请你不要扯什么“我在思考”做幌子，你以为我连什么是“在思考”都不懂吗？

去你的，你一个大专生，凭什么指责我？他也气愤地还了过来。

她嗤了一声，不再跟他对话了。就为他最后这几句话，就值得跟他离婚。

她有点明白妈妈刚才那些话了，也许真的该为后五十年去储备些什么，从这里回去就开始，会找到办法的。

子建过来了。圆圆正坐在姐姐床上玩手机，眼角瞟了他一下，这家伙，更萎靡了，头发像鹿角一样支着，脸色苍白浮肿，十足一个倒霉鬼的样子。

你决定现在就跟我分居了？

圆圆不吱声，继续玩手机。

其实，我们完全可以在同一个房间里分居，你放心，你不同意，我肯定不会碰你。我是觉得，这样的话，可以少给父母一些刺激和伤害。

圆圆看了他一眼，她想听他继续往下说，看他还有什么想说的。

我会给你自由的。你也是运气不好，不过，每个人都有运气不好的时候，这个不能怪别人，只能怪你自己的命。

圆圆觉得这话有点不对劲，但他一提到命，她就生起气来了，说人命不好，这不是咒别人吗？想不到一个博士还会说这些，她更不屑了，刷手机的动作也更大。

按说，明年就能毕业，但我觉得这事有点悬了，从没想到过会有人给我不合格，蔑视和侮辱啊！从小到大，我只得过优秀，从没得过不合格。

你到底什么时候得到消息的？为什么一直瞒着我？你还有什么事情瞒着我。她手上的动作更大了。

瞒你也是一番好意，不想因为我的不争气影响别人。

不想影响别人？圆圆狠狠地瞪了他一眼，现在她觉得他是从她这里偷了一年光阴，这一年，本不该属于他的。

老板说还可以修改，申请再审一次，但我觉得好累呀，这个博士真把我读得太累了，我像个流水线上的工人一样，不在实验室，就在图书馆，兢兢业业，每个月才一千多块津贴，还动不动就被人吼，我从没想过读书还会被人吼被人骂，你知道我最羡慕什么吗？校园里的流浪猫，它们比我有尊严，比我过得像个人……

有几个人没过？

子建不说话，低头看着地面，圆圆熟悉他的表情语言，那表示就他一个人没过。她的心沉到了冰窖里，她说不出“没事”之类的安慰的话，以及任何鼓励的话，她知道出于礼貌她应该那么做，但她做不出来，他们还在争吵当中，他还骂过她“你不过是个大专生”。她又扫了他一眼，他的五官都在往下垮，眼角、眉梢、嘴角、鼻尖，无一不是如此，让她想到熔化的蜡烛。她以前怎么没发现这一点？难道是最近才开始出现的？

也许是老板在外面得罪过人，所以人家对他的学生格外苛刻，听说这次他的学生得分都不高。

他开始找理由了，上次他在电话里被人骂，他也找过理由：你不懂，搞学问的人都是这样，直言不讳，直抒胸臆，我也这样说过别人，都这样，发现别人的问题总是很兴奋。

你觉得我还要不要申请重审？他把声音放柔和了些。

我不懂。圆圆脱口而出，就像你说的，我不过是个大专生，不懂你们博士的事，你自己决定吧。

她知道他在看她，但她坚持不看他，他说话太伤人了，什么叫“你不过是个大专生”，大专生怎么啦？当初你别跟这个大专生约会呀，随意伤人，迟早要还的。她坚持不看他，手机上可看的东西多着呢。

这下你更瞧不起我了。

怎么敢？我不过是个大专生。她再次说出了那句话。

如果我曾经在语言上伤害过你，我请你原谅！

他走的时候，她强迫自己继续盯着手机。他的脚步声消失了，她把手机一摔，脸埋在枕头里。完了，没指望了，她永远都不可能像她闺密那样生活了。她想起她微信里那金黄的阳光地带、醉人的海风，以及满脸发自内心的灿烂笑容。我怎么这么倒霉！她的拳头砸在棉被上，噗噗作响。

第十一天

子夏搬到一楼，秀枝的心情无端好了不少。这天早上，她突然不满意接连吃了三天的早餐面条了，她想起了曾经最拿手的腊肉咸菜馄饨。她剁好馅，让刘玉成帮她拌，她来擀面皮。

子夏在一旁刷牙，嘟嘟囔囔地说：包几个鸡蛋咸菜的吧，两个孩子说一口腊肉都不想再吃了。

哎呀我的乖孙！我马上来给他们拌鸡蛋咸菜。

秀枝拦住刘玉成：那能好吃？我来给他们烙几个饼，保证他们喜欢吃。

馄饨煮好了，刘玉成用托盘端着往二楼送。吴爸爸早已在过道恭候着了，看见刘玉成，大声喊出“开饭铃”：圆圆！子建！快出来吃早饭。圆圆梳着头发从姐姐房里出来，快步往子建那边走。见刘玉成紧盯着圆圆，爸爸解释：圆圆起得早，晃来晃去晃了好一阵了，子建我已经叫过一次，没动静，估计昨晚又熬夜了。

刘玉成必须亲眼看到子建才行，秀枝交代过他两件事，第一，观察子建和圆圆是不是从一个房间出来的，是不是真的在闹离婚；第二，让子建把自己的胸围腰围量一下，她要给他织一件毛背心。

圆圆在房间里喊：爸你来一下！爸！妈！

声音有点怪，不同寻常，两个父亲都愣了一下。

吴爸爸进去了。刘玉成莫名其妙地有点紧张，他想进去，又不敢跨过那道隔离线。屋里的声音明显不对劲了：子建！子建！子建！刘玉成把托盘一扔，不管不顾地小跑进去。

亲家两口子和圆圆围在子建床前，怎么叫他也不醒，刘玉成腿软得站不住，扶着床，一点一点矮下去，他摸到了子建的手，又冷又湿，嘴里喊道：子建，儿啊，你这是怎么啦？

枕头边，手机压着一张字条：

爸，妈：我走了，我太累了。家，就拜托姐姐和弟弟了。子建。

刘玉成抓住圆圆的胳膊，哑声问：这是怎么回事啊？

圆圆两眼发直，一个字也说不出来。吴爸爸一把扯开刘玉成，把电话递到他耳边：我打了120了，快告诉他们你的地址。

刘玉成嘴唇有点发抖，结结巴巴说了三遍才说清楚。秀枝扑过来，逼近圆圆的脸：你们到底怎么啦？你把他怎么啦？你说啊！快说啊！圆圆语不成句：我不知道。昨天晚上我们还……谈过话。

你们吵架了是不是？大过年的不少你们吃不少你们喝为什么还要

吵？你对他说了什么？

吴爸爸再次把圆圆往自己身边拉了拉，说：先找找他是不是吃了什么东西。

于是大家一起弯腰寻找。桌上有一只杯子，杯盖放在一旁，一台笔记本电脑，是关机状态。除此以外，看不到其他东西。

救护车很快就来了。圆圆尾随着医护人员要上车，秀枝一把将她拉了下来：你不准走！你给我说清楚了再走，你把我儿子到底怎么啦？圆圆使劲挣开她：我会给你说清楚的，但我现在要去医院。

刘玉成也过来拉住秀枝：让她去，我也去，你留下照看家里。

秀枝不答应：我才不管家里，儿子在哪里我就在哪里。

刘玉成在她耳边说：万一你不在的时候，他们跑了呢？

秀枝猛醒过来，不再争着要上车。

救护车直接开进急诊室，几个医护人员一拥而上，圆圆和刘玉成被推出门外，刘玉成隔着门上的玻璃往里瞧，只能看见护士头上的白帽子晃来晃去，他离开那里，决定先做更要紧的事。他把圆圆拉到长椅上坐下。

现在他妈不在，你跟我说实话吧。

我们是吵过架，但那是几天前，为二楼装帘子的事。

应该说那都是小事，不至于让他做这种蠢事的。

另外，我还知道一件事，不知道跟这有没有关系。他大概不能参加明年的论文答辩了，他的论文匿名评审中有一个不合格。他回来之前就知道了，但我是刚刚才知道的。

刘玉成的震惊不亚于刚才在家里看到子建人事不知躺在床上那一刻。怎么会？他读书那么好，逢考必中，从小学到博士，一路过关斩将，没有半点波折，怎么会论文不合格呢？是不是搞错了？

昨天我们还谈到了这事，三个匿名评审，两个通过，一个不合格……就他一个人不合格。

你没劝劝他？给他打打气？

应该不是这事引起的，他很理性，说可以修改一下，明年申请再审一次。

护士拿过来一张表，是病人入院登记表，刘玉成呆呆地坐着，像听不懂护士的话。圆圆接过表格。

填完后，护士也没细看，接过表格就往办公室跑。没过多久，办公室里突然起了一阵小小的骚动，刘玉成和圆圆唰地站了起来。一个护士跑出来，拼命敲急诊室的门。门开了，护士跑进去，急切切地说着什么，很快，屋里就像发生了什么大事一样，轰的一声全都跑了出来。打头的男医生问刘玉成：你们是从武汉来的？

刘玉成突然明白了，是刚才那张表格惹来的祸。

他细说了缘由，又说他们已经在家主动隔离十天了，今天都第十一天了，马上就十四天了，都没事，都好好的。

你为什么不早说呀？真是的！早说我们可以采取更高一级的防护措施，大叔，医生护士也是人！也有一家老小，也怕死！

所有的医生护士都走了，刘玉成抓住一个走得慢些的问：他们都跑了？不救人了？把我儿子扔这儿了？那人一甩手：去穿高级防护服！真是的，也不说一声！这还是我们碰到的第一个，还要上报。看看刘玉成脸色不对，才说：放心，不会有事的，急诊室里还有人。

刘玉成冲向手术室门口，里面的确有一个护士，一个人捏捏这根管子，看看那个仪表。

裹得严严实实像太空人一样的医生护士终于笨手笨脚地过来了，刘玉成真担心他们的穿着会影响对病人的操作，又不敢说出来，眼巴巴地看着他们一步一步蹒跚而去。急诊室的门打开了又关上。

秀枝还是来了。她拿出一个小小的塑料袋，说是子夏在他包里找到的，比一元硬币大不了多少的易拉式封口袋。

子夏说，可能是治疗失眠的药，应该是在医院开的，应该开了好几次。

刘玉成把小塑料袋拿去交给护士，回来又问秀枝：子夏怎么知道得这么清楚？秀枝看着他，不吱声。

二楼的人都还在吗？

放心，我走的时候把大门反锁了，谁也别想逃。

子建终于出来了，胃已经洗过，人还在沉睡。全副武装的医生过来对刘玉成说，没事了，但还需要观察，本来是要求住院观察的，但现在情况特殊，只能回家观察。医生同时宣布了另一个消息，叫他们先留在这里别动，防疫指挥办的人马上就到。

十分钟过后，一行五个身穿防护服的人过来了，个个极其严肃，不由分说，对他们一一进行了检查，结果似乎并无大碍，但那些人还是一脸严肃地看着他们，刘玉成再三强调他们已经在家专辟了一块隔离区，已经严格地隔离了十天了，如果不是孩子今天出了这事，肯定能完完整整地度过隔离期。防疫办的人说：不能仅仅考虑你们，请你们本着对人民负责、对国家负责的态度，认真回忆你们最近的行程，哪天到的，坐的什么车，到过哪些地方，见了哪些人，时间要精确到分钟。

于是逐个登记，姓名，性别，年龄，学历，工作单位，家庭住址，登记到近期外出记录时，刘玉成自己也吓了一跳，就算他们是坐私家车从武汉直接到宜都，可到了宜都后，他们又去了盐池河，当天泡温泉的人还挺多，从盐池河回来，遇堵车，全车人都下来走动过，快到宜都的时候，还去过一家餐馆。幸好从盐池河回来后就再没出过门了，以后一直在家里隔离，算上今天，已经隔离十一天了。刘玉成急中生智地补充道：我们还是双保险，除了整个家庭的大隔离，还把武汉来的人锁在二楼搞小隔离，你们派个人去我家看看现场就知道了。

为什么你们不上报？不是发了通知了吗？

刘玉成脑子里一片空白，大祸临头了，他光顾着回忆那几天的经历，竟忘了瞒报这回事。

我们真没事，我们一直在隔离，我们都很自觉，我们只是想一家人在一起过个年。

你说你有三个孩子，一个在医院，一个在家里，还有一个呢?

刘玉成绝望地抱住脑袋，完了，子书瞒不住了。关键时刻，他突然想起了二楼的姐姐，几十年的生活智慧突然爆发，他抬起头，装出气愤难抑的样子：这个逆子，我被他气得高血压都要犯了，他和武汉来的姐姐姐夫不知从哪里联系了一车蔬菜，送到武汉去了，怎么联系的，要送去哪里，我们一概不知，人走了才给家里打了个电话，你说这不是送死吗?那边现在多危险哪，他妈都哭了几场了。

他看到防疫办的人脸色一点一点变了，最终绽开一个发自内心的笑：真是几个好青年!这你就不对了，这种时刻，还能想到支援武汉，值得表扬。等他们跟你联系上了，记得报告我们。

应该是这个谎言带来的回报，防疫办的人对他们进行检测后，竟然放他们回家了，条件是要继续隔离，并每天向防疫办直接报告各项数据。

回家路上，刘玉成不住地往后看，生怕防疫办的人识破他的谎言追了过来。多亏二楼的姐姐给了自己灵感，不然这会儿恐怕已经被抓起来了吧，他知道瞒报的后果不轻，严重违规违纪，除了拘押，还要罚款，搞不好还要判刑，真应了那句老话：祸福相倚。

子建倒睡得安详，像得到了极大的休息。小时候，他们三姐弟数他脸最圆，身体也最胖，现在反过来了，下巴都瘦尖了，好端端的人瘦脱了相，这是顶着多大的压力啊。子建从小读书就轻松，他以为这轻松会陪伴他一生，没想到这么会读书的孩子，居然会遇到学习上的困难，原本就是工作不顺才去读博士的，读博不顺就等于没退路了，难怪他压力大。他没想到他最聪明的儿子却最窝囊，研究生毕业，去一个有名的大公司工作了不到两个月，就被人家撇到一边坐冷板凳去了。那时他就想，说不定是声气不壮惹的祸。从小到大，子建什么都好，就是声音太小，打从上小学开始，尽管成绩好，却从没当过班干部，连小组长都没当过。当爸爸的理解老师的难处，汇报个问题，老师恨不得把耳朵凑到他嘴边上，给全班传达个通知更不用说，估计只有他同桌听得见，这样的人是当不了"三好学生"的。"三好学生"必须是班干部，必须群众呼声高，而子建，连一个要好的同学都没有。幸亏子建理科强，将来可以去搞技术，去搞不依赖人际交往、一个人也能完成的工作，如他所愿，子建顺利成为一个工科大学生、研究生、博士，眼看就把书读到头了……别想了，他担心子建能感应到他的心理活动。

他去把子建的脉搏，很慢，很浅。既然知道论文还可以再提交一次，为什么要做这种傻事呢？一个人读到博士多不容易，用过的纸和笔不说一千斤，几百斤是有的。就算毕不了业，也没多大个事，我们就以研究生的学历去找工作，难道还养不活自己？孩子还是吃了太老实的亏啊！

晚上十点多了，李莉突然发回一段哭喊：爸爸，我看到子书的车了！

她发回了一段视频。一群全副武装的人正在将一辆停在路边的白色小汽车绑到拖车上，配文称，车上有两个因感染新型冠状病毒肺炎而死亡的年轻人，为了消灭这一巨大传染源，当地有关部门决定直接将死者送往火葬场，小汽车拖进垃圾场焚烧。

李莉在电话里声嘶力竭地喊：爸爸，那是不是子书的车？是不是子书的车？

刘玉成被李莉的喊声吓得心慌意乱，他不敢确定那是不是子书的车，车身是白色，这没错，但视频上看不出车辆型号，更看不到车牌，他安慰李莉：白色的车多着呢，这几天到处都是这种让人胆战心惊的视频，我马上联系子书，他们在路上，有时候信号不好。

联系不上，从昨天早上开始，他就没回过我信息，打电话过去是关机。

如果是关机，而不是没人接，那就不会有问题。

万一他的电话是在别人手上呢？

你不要总把事情往坏处想，不会有事的，两个大男人，能出什么事？

要是平时，我也不担心，现在外面到处都是病毒。

我来查我来查，我们都来想办法，你不要急。

刘玉成赶紧把视频拿到二楼，吴爸爸边看边打姐夫的电话。他也关机了，是不是手机没电了？

两个人都没电了？刘玉成紧张起来，子书也是关机，会不会他们的手机在别人手上？

吴爸爸又去研究那个视频：冷静！冷静！越是这种时候越要冷静，你知道吗？有些人专门制作假新闻来博取关注。我觉得不是他们俩，因为它故意不让你看清车牌，无论怎么放大，都看不清，另外，这是什么地方，什么路段，都没有标出来。

看起来是路过的人拍的呢，路过的人随手拍，加上文字功底有限，才会这么含糊，但事情肯定是真的，不会是演的。

你怎么搞的？你要坚信不是他们，不看到车牌绝不相信！

我当然不愿意相信！我就这么两个儿子，一个在家里躺着，吉凶未卜，这一个再出事我还怎么活？

我也有孩子在外边，我也担心哪。

那不一样，我的是儿子，你的是女婿，女婿不在了，还可以再找。

吴爸爸移开手机，第一次严厉地看着刘玉成，刘玉成知道自己说错话了，但已没法收回，一个劲地道歉：对不起对不起，我现在最怕听到孩子们的坏消息，我已是草木皆兵。

吴爸爸却不想这么快就原谅他：什么叫不在了还可以再找？你也是有女婿有儿媳的人，哪天我圆圆出了什么事，你也会这么想吧？这种心态可不好，世界上任何一个人都是父母的心头肉，尽管你只疼自己的孩子，我们可从没拿子建当外人，你看看现在是谁在守着他？圆圆跟她妈妈轮换着通宵守在他床边，叫他，跟他说话，一是怕他一睡不醒，二是怕他醒来身边无人，再次想不通。

刘玉成正在为自己说错话后悔不迭，李莉又打了电话来：爸爸！是他们！是子书的车啊！我认得那个车窗上方的挂件，那个小黄人，是睿睿的，是睿睿亲手给他挂上去的。

刘玉成一听，顿时双泪长流，但他还是安慰李莉：儿啊，我们再等等，万一搞错了呢？

吴爸爸一把抢过电话，对李莉说：哎！你不能随便散播这种没根据的消息，如果他们真得了病，我相信我女婿会想尽一切办法让我们知道的，我了解我女婿。这个病不管多么凶险，它终归是病，是病就有个过程，只有交通事故才是突发性的，才来不及通知家人。至于你说的什么小黄人，虽然我不了解这东西，但我相信，这种玩意儿全国各地到处都有，你怎么能单凭一个小黄人就断定是他们呢？相信我吧，看在我比你们多活几十年的分上，相信我，我会动用我的一切力量来查这个事，我越来越确定这车不是他们的，我会证明给你们看。

实际上，吴爸爸根本不敢查，万一是真的，刘家人肯定彻底崩溃，覆巢之下，岂有完卵，吴家父母子女三人恐怕也难以脱身。现在，他不得不思考脱身这件事了，连续几天来的事件让他有了不祥之兆。但是，该往哪里去呢？家是回不了了，虽然有车，但他的武汉牌照走在路上无异于过街老鼠，这也正是他一来到宜都就把车牌摘下藏起来的原因，他开了大半辈子车，唯一的收获就是知道车牌有些时候是可以让它消失的。

刘玉成走后，二楼一家人开始在家庭群里讨论眼前的危险处境。

爸爸：我们得走，这里越来越尴尬、越来越危险了。

妈妈：有路卡，怎么走？

圆圆：我赞成走，出了门，自然有路。其实我们根本就不该来这个鬼地方。

姐姐：还不是怪你，谁叫你嫁给那个家伙呢？

圆圆：别说那个人了，心理上我已经离婚了。

姐姐：呃……

爸爸：只讨论走还是留的问题。我提议你们收拾好东西，做好走的准备，一旦时机成熟，我们立即走人。从刚才子书的老婆跟我说话的语气来看，已经相当不客气了，这种情绪一旦开了头，就没法收拾了。

圆圆：姐姐你不能再联系一辆送菜的车吗？

姐姐：我后来才知道，那种运气绝无仅有。咦？爸爸，你能不能把你的车伪装成运送救援物资的车呢？现在路上就运送救援物资的车还能勉强通行。

爸爸：我车这么小，能送什么救援物资？我又能上哪去搞救援物资呢？

姐姐：要是能搞到口罩和防护服之类的东西就好了。咦？爸爸，你不是有些车队的朋友吗？他们有没有运送救援物资的任务？如果有，你请求他们让你代跑一趟，不就出来了吗？

爸爸：真是个聪明的丫头，我来试试看。

第十二天

圆圆确信子建已完全恢复过来了，但他仍然躺在床上，除非吃饭和上厕所，其他时间拒绝下床。他也不想装睡，睁着眼睛一脸赌气的表情。她睁着眼睛的时候，她不想跟他说话，因为她不想跟他对视。

终于等到子建翻了个身，面向墙壁的时候。

圆圆望着子建墙壁一样的后背说：不管怎么说，谢谢你救了我一命，你要是活不过来，我肯定也活不成了，肯定被你家里人乱棍打死。她的确到现在还在后怕，当时婆婆的表情让她明白了一件事，子建不是她的人，她只是代为保管，子建仍然是父母的宝贝，如果他们的宝贝醒不过来，她绝对走不出宜都。

我感到羞耻。子建望着墙壁说。

别想太多，一切自有上天安排，何况你妈经常说，你们一家有菩萨保佑。

连死都不会，实在太无能了。

子建固执地纠缠在这个问题上，圆圆就不知该怎么往下说了，老实讲，她的确替他感到难为情，她平生第一次看到了洗胃机，普通而粗糙的管子，甚至都不太干净，居然还有个三通，洗出来的水跟厨房污水没区别，他现在还是以前那个子建吗？他的口腔和内脏还像以前那样吗？他的味道会不会有了变化？她还能跟他亲吻吗？

你肯定很失望吧？

她很想说，我真的有点失望，各方面，关于论文，关于毕业，关于前景，关于自杀未遂……但她不能跟一个刚刚活过来的人说这些，妈妈交代过她，千万不要刺激他，他现在跟寻死的时候一样危险。

他不给她躲避的机会，他的目光慢慢移过来，看着她的脸，等着她回话，等着她表态。

你说这样的话才叫人失望。她垂下眼皮说。

不应该救我的。我们家以前有一只破碗，是我妈摔破的，我拿五〇二胶把它修好了，表面看它完全没有问题，但那只碗一直摆在柜底，一次也没再用过。我就像那只碗，这以后，你们会更嫌恶我。

谁嫌恶过你？什么时候嫌恶过你？她再也忍不住了，你以为经过了这一次，我们就都怕了你，你就有了随便伤人的权利了吗？对不起，在我这没有！

他开始流泪：这下怎么办？我本来以为一切都结束了，我用了两个月时间到处收集安眠药，好不容易凑齐二十颗，你以为下这个决心容易吗？

两个月？你两个月前就知道论文评审不合格的事了？不是说去北京的时候才知道的吗？

他沉默了。

没想到你还是个骗子！她很激动，但尽量闭紧嘴巴，以免他听到自己的喘息。闺密的脸在她眼前晃了两下，她哭了起来。

晨曦升起来了，圆圆望着蜂蜜一样淡黄色的天边，哭得更伤心了。

秀枝没敲门就进来了，从她得知他们在吵架开始，她进出这扇门就再没敲过一次。秀枝刻意看了下床上的被子，比原来多了一床，那是圆圆从姐姐房间抱过来的，他们已经不睡一个被窝了。

秀枝推开圆圆递过来的水杯，看也不看她，只问子建：你想吃点什么？昨天睡得怎样？有没有哪里不舒服？我给你煮了粥，煎了鸡蛋，快起来吃了再睡。子建沉默着，过了一会儿才说不想吃。

不吃不行，一定要吃，人是铁饭是钢，一顿不吃饿得慌。坐起来坐起来，也不能总是躺着，起来走两步。

圆圆刷好牙，闪到爸妈那边，爸妈已经起床，圆圆一头扑倒在他们床上，妈妈问子建昨晚怎样，她脸朝下，在被子里齉声齉气地回答：好得很。突然翻过身来，面朝天花板，同时向妈妈招了招手，妈妈凑过来，她对着妈妈的耳朵说：我算看出来了，他做不成任何事，包括死。

妈妈一巴掌抽在她脸上，两人都吓傻了，妈妈最先反应过来，紧紧抱住自己的女儿，连连亲吻刚才巴掌落下的地方。不能这样说！这很危险，千万不能这样说知道吗？他要是听见了非再死一次不可。妈妈瞄了两眼门外，确定外面无人才放下心来。

你高估他了。圆圆重新回到面朝下的姿势。

夜里十一点多，已经睡下的刘玉成被电话惊醒，一看到电话上跳出李莉的名字，脸就变了。

电话一开，直撞耳膜的就是李莉的大哭：爸爸，我看到有人在一篇文章里提到那辆车了，说是一辆鄂字头的车。怎么办？怎么办爸爸？我想出去找他，可我不知道该怎么出去。

刘玉成也哽咽起来，答应她，马上跟吴爸爸一起想办法，不管怎样，不能再坐在家里等了，干脆两个爸爸一起出去找这两个孩子，两眼一抹黑也要出去找。

李莉一听又哭了起来：谢谢爸爸！我也一起去好吗？

你在家照顾睿睿，还有老人。

刘玉成下定决心，与其待在家里什么也不能干，不如闯出去找一找，就算有路卡又怎样？孩子失去联络，父母出去找失踪的孩子，天经地义，谁也拦不住。

还在楼梯上，就听到二楼一阵奇怪的动静，他还担心二楼已经睡了呢，再一细听，像是行李箱在地上拖出来的声音。他放轻脚步，扶着墙探头望去，真的是行李箱，圆圆一副出行的打扮，走到小客厅那里，她放下行李箱，仅背着背包，往父母房间走去。

再出来时，圆圆一眼就看到了墙边的刘玉成，倏地缩回头去。刘玉成有点反应不过来，这么晚了，圆圆这是要去哪？

正犹豫着要不要追过去问个清楚，吴爸爸出来了。

爸爸，跟你商量个事！刘玉成一见到吴爸爸，马上觉得应该先办答应过李莉的事。他说了刚才李莉的电话，又说了关于两个爸爸上路找儿子的打算。

吴爸爸有点犹豫：去找他们当然没问题，但是，出了门该往哪个方向走呢？大海捞针也得有点目标啊。这个李莉！微信上那些文章她篇篇都看，而且篇篇都信？

见刘玉成的目光落在圆圆的行李箱上，吴爸爸解释：她说东西太多了，把房间搞得好乱，就收了一些东西，准备放到她姐姐房间去。

既然已经上来了，圆圆也不在房间，刘玉成就想去看看子建。吴爸爸刚想说什么，刘玉成已经走到门口去了。

子建睡得很沉，刘玉成伸手在他鼻尖下探了探，很好，均匀有力。收回手时，他的手碰到一张纸片，拿到门口凑近灯光一看，是一张字条：子建，我们走了，希望我们的走，能给你们家带来宁静和属于自己人的幸福。替我们感谢爸妈的盛情款待。

他把字条重新放回原来的地方，不动声色地走出来时，发现行李箱已经不在原来的地方了，刘玉成脑子突然有点不够使，圆圆所说的走，肯定是他们三个人一起走，为什么吴爸爸直到现在还在瞒着他？为什么他们要悄悄地走？

没事吧？吴爸爸迎上来说，睡得好好的，十分钟之前，我还过来看过他。

圆圆把屋里收得好整齐啊，像没住人一样。听上去是在表扬圆圆，语气却冷冰冰的。

她这几天喜欢上了收拾。到底是女孩子，闲不住。

刚才看到这个行李箱，吓了一跳，我以为她要走了。

呵呵，往哪走？到处是路卡，又不能飞。

一切都再明白不过了，他们刻意瞒着他，瞒着刘家人，他们商量好了，要撇下子建，悄悄地走，他们害得子书下落不明，又害得子建死去活来，现在竟然想瞒着大家一走了之！这一走，他们就不再是亲家了，圆圆跟子建肯定要离婚，他们马上就是不相干的两家人了，马上就要翻脸了，来不及通知更多的人了，他必须阻止他们，就凭他一个人的力量。

情急之下，他突然换上一副感伤的面孔，叹了一口气，对吴爸爸说：我们还有那么多酒没喝完，我准备了那么多，你也准备了那么多。

是啊，谁能想到事情会变成这样，不过，本来也没打算这次一定喝完，是让你留着慢慢喝的。

一个下落不明，一个半死不活，我这辈子大概都没心思喝酒了。对了，差点把正事忘了，我来找你，是想请你帮个忙，你能不能送我出去找个人？这个人在公安局工作，我想去听听他的意见，该怎么找子书他们，往哪个方向找。

好啊，找公安局的人最对路子，只是这么晚了，不太好吧，你跟人家约好了吗？

约好了，是托了人才找到的他，我以前并不认识他。

那就去吧，早去早回，别拖得太晚。

吴爸爸回房间去换了衣服，拿了钥匙，出来时，见刘玉成抱着胳膊漠然靠在墙上，不禁大感意外，他所见到的刘玉成，历来都是微躬着身体笑呵呵的，少见到这副冷峻又忧郁的样子。

困了？

刘玉成抹了一把脸说：又困，又心焦，几天都没睡好。

走出大门，新鲜的空气扑面而来，吴爸爸打了个长长的哈欠，说：你也来一个吧，相当于洗肺！说完，他又张开嘴打了一个。

刘玉成说：回来以后，我们喝一杯再去睡觉？

依你！

从家里开出来没多久，刘玉成就嘀咕：这车几天不开就有了股味儿，我打开车窗你不介意吧？吴爸爸说：我无所谓，只要你不怕冷。车窗彻底摇下来时，车已来到南风堰边，吴爸爸说：这风还是有点大哦。话音刚落，刘玉成猛地咳嗽起来，先是捂着嘴憋在喉咙里咳，紧接着转为急风骤雨般响亮的爆咳，人也抽搐起来，缩成一团，失去控制地倒向吴爸爸，吴爸爸刚有刹车的念头，方向盘已被刘玉成压在身下，汽车飞快地朝左驶去，朝南风堰驶去。

爸爸！爸爸！

亲家！

一股悬空感从脚底传来，接着是下坠，像失控的电梯。

谁说南风堰水不深的？刘玉成攀住窗框，费了好大劲才将自己从巨大的引力中拔出，刚一钻出汽车，便有一股神力将他托出水面。

吴爸爸还在车里挣扎，刘玉成退回去，朝车里伸出一只手。他知道这是最危险的时刻，被救的人不会轻易放弃眼前任何可以抓握的东西。这情景超出了他的想象，他以为从开着的车窗里爬出来很简单，他忘了吴爸爸块头比他大得多。吴爸爸显然是卡住了，他想潜下去打开车门，试了一下，根本拉不动，只能去拉吴爸爸本人。

刘玉成从他手上感觉到，他到了最后时刻了，水并不深，只要他能把自己从车窗口拔出来，他的脑袋马上就可以露出水面，可惜他一直都在徒劳地挣扎。最后一口气了，他奋力一挣，整个人朝刘玉成直冲过来，刘玉成猛地一下被他抵到了岸边。他终于出来了。

刘玉成爬上岸来，飞快地往家里跑，他完全感觉不到自己没穿鞋子，也感觉不到浑身透湿，相反，他感到浑身发热，脚步轻盈，像御风而行的仙人。

举家惊叫和痛哭中，他被秀枝推进了卫生间，两分钟后，不停冲刷的热水终于让他感觉到了冷，他开始浑身哆嗦，他听见自己的上牙打着下牙，声音又响又快，他的头都快吵昏了。

当他从卫生间出来时，赫然发现吴爸爸也像他刚才一样，湿淋淋地站在屋子中央，他的腿脚都是光的，下身围着一件干的棉袄。刘玉成想起来了，他的裤子鞋袜肯定卡在车窗里面，他刚才肯定是光着屁股跑回来的。

他们本来准备把他架往二楼，见刘玉成出来，决定就近使用一楼的卫生间。

两人擦身而过时，刘玉成哑声喊道：爸爸！

吴爸爸费力地睁开眼，望着他哼了一声。

秀枝告诉他，他们跑到湖边时，吴爸爸正躺在岸边喘气，他很会自救，他知道翻过身，用自己的体重压迫大肚子，把水吐出来。

刘玉成穿得厚厚的坐在床上，秀枝让他躺下，他不肯，觉得只要一躺，那铺天盖地的水就要将他吞没。平时看南风堰，觉得它好小，像个快要干涸的小塘，下去了才知道，其实南风堰非常宽阔，而且深不可测。

见他实在不肯睡，秀枝只好在他身上裹了一层棉被。喝点酒吧？喝点酒暖暖和和的，睡一觉。秀枝在一旁劝他。

他摇头，问秀枝：他说了什么没有？

他能说什么呀，上下牙一直啷啷响，一个字都没说过。

第十三天

刘玉成一直躺到第二天下午才起床，竟然并无大碍，只是浑身乏力，胆小心虚，秀枝掉了一个盆在地上，在他听来有若晴天霹雳。

晚饭桌上，刘玉成突然接到子书的视频电话，他不相信，又是揉眼睛，又是拍脑袋，难道自己已经死了，眼前这一切已是阴间景象？

爸，你猜我在哪里？你肯定猜不到，我们在九华山！我们现在要下山了，山上没信号，我们索性关了电话。

秀枝你来！他完全不敢相信自己的眼睛和耳朵，只好紧急叫来了秀枝。

秀枝围了过来，子夏一家也围了过来，刘玉成终于意识到，他还没有死，他和子书都还在阳间。

死驴子日的！

他一高兴，使劲骂了出来。子书在那边一个劲地嘿嘿直笑。

秀枝拿过电话，炒豆子一般地说：哎呀，你们都快把人急死了，这么多天都不打个电话回来，一天到晚打你电话，打不通，外面有个车，好像是你的，车上人死了，连人带车停在路边没人理，李莉非说是你的车，一家人都快急死了你知道吗？你还嘿嘿笑，赶快给我死回来，这回非打断你的腿不可，让你再瞎跑。怎么弄成这个鬼样子了？这是几天没吃饭？脸也没洗吗？头发胡子这么长，像个野人。

子书在那边一直傻笑，他的确变了大样，脸都瘦成薄薄一片了，下巴上还堆着一撮黑黑的胡子。

好啦妈！我给你看——九——华——山。

手机里，子书的脸消失了，只有一片莽莽苍苍的群山，山上有积雪，镜头再一晃，是一座金碧辉煌的寺庙。子书在里面说：我和姐夫去拜了地藏菩萨，为我们家每个人、为我们家以外的人都祈了福。这回我们可用心了，连额头都磕破了。

看完九华山，刘玉成才想起问子书路上如何。

哈哈，说了你肯定不相信，光是走出枝江就用了两天，路上卡子太多了，又不能硬闯，只能退回来，再找别的路。这回我们应该把湖北大大小小的公路都走遍了，出了湖北，倒顺利很多，后来一想，反正已经出来了，反正路上也没什么人，反正这个假期长得很，手一滑，就到了江苏，后来又到了安徽，再后来决定干脆跑一趟九华山得了。九华山很好，风景很美，很有气氛，等疫情过了，我带你们来这里旅游。

画面换成了姐夫，姐夫的样子比子书更差，地道的野人样，鼻子上还有伤，说是爬山的时候，因为路上有冰碴，摔了一跤。姐夫很有礼貌，感谢了一大串人，尤其感谢子书的鼎力相助，承诺马上就去买剃须刀，买肥皂，好好洗个澡，再来见大家，刚才是急于向大家报信，所以还没顾得上整理自己。

放下电话，秀枝的眼泪反而更凶了：这是谁的主意呢？竟然去了那么个好地方。这下我们家不会有事了，过年那天我去拜了土地菩萨，今天子书他又去拜了地藏菩萨，我们家没事了。

打完报平安电话没多久，子书和姐夫在路上被两个交警拦了下来。

子书僵在驾驶座上：这下麻烦了。

不怕，没有比饿得头晕眼花更大的麻烦了。姐夫脸上胡子又长长了些，看不出什么表情。他们没买到剃须刀，沿途就没碰到过超市。

两人慢吞吞下车，不是故意磨蹭，而是他们的车窗玻璃破了，一路过来，冷风已将他们吹得像两具僵尸。交警板着脸走过来，刚一靠近，惊得停下了脚步。

好运就这样没有一点预兆地降临了。两个交警后退一步，上上下下地打量他们，问他们从哪里来的。

说来话长啊！姐夫突然进入了角色，他从出逃那天讲起，讲到他们的目的地武汉，讲到他们如何用两天才走出枝江，讲到他们渐渐失去目标，别无选择，哪里能走就往哪里走，讲到他们无意中走出湖北，懵懵懂懂进入江苏，又误打误撞闯进安徽，最后索性突发奇想，朝九华山进发。讲到这里，姐夫抬手抹了把鼻涕，站在路上比车上暖和多了，冰冻的鼻腔开始融化。子书受到影响，也抬手抹了起来。但是不对，姐夫的声音突然变了，他不是在抹鼻涕，他是真的哭了起来，一边哭一边说：后来我们好不容易找到一家旅店，正准备停下来休整几天，结果当天晚上，我们的车窗玻璃就被砸了。从此我们不敢在路上随便停留。

子书有点想笑，他以为姐夫在给交警演戏，以为这是姐夫的脱困计策。

交警显然相信了野人似的姐夫：你意思是，你们在路上漂游了十三天?

是啊，一路上，我们只洗过三次澡，都是在加油站厕所里解决的，只吃过五顿饭，其他时候都靠快餐面和饼干解决。

一个交警害怕似的摇头，另一个交警说：难怪呢！隔着口罩都能闻到你们臭得像猪一样。

说他们臭的那一个问他们现在想去哪里，姐夫说：武汉。子书说：宜都。交警说：武汉不可能，宜都可以考虑。

一通电话过后，交警对他同事说：行了，我就做回好事，送他们回宜都。

子书一高兴，就忍不住想献媚，对交警说：我们可没闲着，我们一路上拍了好多照片呢，好几家杂志社、报社准备用我们的照片了，你们要不要看一下？

于是找出这些天来姐夫拍的照片，一张一张展示给交警看。交警瞪大了眼睛：原来你们是艺术家？

子书指着姐夫说：他是！我是他的助理。

姐夫擦着鼻水笑起来，现在他整张脸只看得见鼻头和牙齿。

交警在前面开路，子书紧随其后。姐夫还在哭，胡子都弄得湿淋淋的。

姐夫，够了，这结果已经远远超出我预期了。

你以为我是假装的？你这混蛋！我是真的伤心了。他不问还好，被他一问，我把我们这一路从头到尾想了一遍，突然就控制不住了。真不敢相信我们经历了那么多，到此时此刻，我还在怀疑我们是不是做了一个梦，是不是正在梦中。

一路畅通无阻，进入通向宜昌的高速时，子书忍不住唱起歌来。

快，打电话，把这好消息告诉家里。

姐夫说：忍一忍吧，到了宜都再打，更有爆炸性。

两个多小时后，他们到了宜都，却不能直接回家。交警正在电话联系什么人。

没过多久，交警带他们去了一个地方。

子书告诉姐夫：是个生意不怎么好的小宾馆。

几个人出来迎接他们，告诉他们，这里是外来人员集中隔离点。

他俩有点失望，还以为马上就能到家了呢。交警说：能洗澡，马上还有热饭吃，还想什么呀。

两人在全副武装者的带领下，办完一应手续，来到分配给他们的房间。一路上，人人都停下手上的事情，一脸诧异地望着他们，直到他们进入房间。

子书说：我先洗吧，我自己都受不了我的臭了。

姐夫说：一起吧，我也是一分钟都不能忍了。

洗完澡，姐夫率先拿起电话，为免互相干扰，子书决定等姐夫打完他再打。

姐夫打的是圆圆的电话，他原本是坐着的，刚刚嬉皮笑脸喊出“圆圆”两个字，脸色陡然一变，站了起来，子书因为正孩子气地在床上打滚，没看到姐夫刚才的变化，还在打趣他刚刚剃过胡须的脸：姐夫你瘦了好多呢，估计姐姐都认不出你来了。

姐夫根本没听，空空的眼神漫过子书的脸，看向远处。

圆圆你别这样，还有我呢，千万要冷静！听到没有？会没事的，我们会跨过这一关的，什么也别做，等我回来，很快的，我们马上就会见面的，记住，什么也不要做，随时给我打电话。

怎么啦？子书终于嗅到一点不对劲的味道。

没事了。姐夫摸着脸颊走进浴室。他拿起了剃须刀，若有所思地望着脸上那一两处漏网之鱼。

没事了是什么意思？是出过什么事了吗？子书躺在床上大声追问。

姐夫用舌头绷紧脸颊，专心对付自己的脸，他还是没法相信，那个博士，他的连襟，怎么会？是在做梦吧？从他们在那个月黑风高之夜离家开始，他和子书，还有他们所有人，就都被囚禁在某个黑暗的隧道里，失去了自由，失去了欢笑，就算他和子书后来逃出来了，一样还是在隧道里，只是他们的那一条稍微宽阔一点而已。子建会不会跟这种囚禁有关呢？还有爸爸的车莫名其妙驶进南风堰，圆圆根本不相信爸爸这个多年的老司机会犯这种低级错误。

等他终于处理好他的络腮胡子，出来一看，子书已经打起了细细的鼾。

他坐下来，拿起手机，调小音量，再次播放圆圆刚才的求救声：把我弄走吧，求你了，要不你就想办法帮我弄点安眠药进来，我实在受不了了，你知道吗？我一靠近他，就闻到一股消毒水的味道，还有水管子的味道。还有爸爸，我百分百相信他是中了那个老头的计，他自己还不相信，你别听他总叫他爸爸、爸爸，管自己的同龄同辈人叫爸爸，就算它是地方文化，那也是垃圾文化。

他真想马上就去他们身边，听他们说一说，为他们做点什么，可惜他被关在这里，不许迈出大门一步，但无论如何，他必须克服一切困难，做点什么，因为他是丈夫，是姐夫，是长婿，是男人。他挠头皮，拍脑袋，还是什么想法都没有。

他被子书的睡姿吸引住了，子书嘴巴微张，消瘦的脸上眼窝深陷，眼珠子像水里的皮球一样轻轻地颤动着，大概睡眠来得太突然，太猛烈，他一条腿弓着，一只手松松地拿着手机，保持着睡前的最后一个姿态。他习惯性地打开相机，对着子书猛拍一通。在公路上漂游了十三天的人。这是他给这张照片的命名。

他还保持着周末骑行的习惯，回家洗完澡就开始整理照片。他将子书的照片都挑出来，他在大笑，他在全神贯注开车，他在地里拔出萝卜、用菜叶子擦擦就往嘴里塞，他在超市疯狂地寻找快餐面和火腿肠，他在路边撒尿，他把羽绒服拉链一直拉到顶，再把帽子戴起来，只留一双眼睛在外面，歪在车座上睡觉，他们在加油站遇到另一个流浪者，三个人分吃两包快餐面，他在九华山长长的台阶上跪行，他在佛前合掌低头、为家人祈福，他对着被砸破的窗玻璃流泪，他开着漏风的车狼狈逃窜，好心的交警决定带他们回来，三个人愉快地在隔离点前合影。最后一张，是子书心满意足地在隔离点的床上沉入梦乡。他将子书的照片做成幻灯片，配上那支著名的《回家》，给刘玉成发了过去，然后，他终于困了，身子一歪倒了下去。

他被电话吵醒，刚喂了一声，子书爸爸毫不掩饰的哭腔就铺天盖地闯了进来，他吓坏了，眼睛还没睁开就从床上笔直坐起。

姐夫！你真是个好人，你的照片把我们一家都看哭了，他们跟我说，两个孩子在外面，一心想回家，想回到我们身边，多么不容易，经历了九九八十一难啊，而我们这些在家的，天天吃饱喝足，东不惮西不愁，还不开心，我们惭愧呀！姐夫，你跟我们家太有缘了，你提醒了我们，你救了我们。

这个电话打得很长，说到后来，姐夫也像子书一样，握着电话，一步一步沉入深深的睡眠。

第十四天

再有一个小时，蓝白楼的十四天隔离就正式解除了，但对子书和姐夫来说，却才是隔离的第二天。

在子书的提醒和帮助下，刘玉成决定搞一个云聚会（其实就是蓝白楼跟子书和姐夫、武汉的姐姐三方线上聚会），来庆祝隔离顺利解除。

蓝白楼这边经过屏幕镜像处理，大家可以挤坐在一起，方便另外两方看到这边的全貌。

子书在屏幕上看起来更瘦，秀枝一见又哭了：子书啊，你看看你，瘦得像个叫花子。

李莉也是热泪盈眶，却笑着说：妈，你不知道，他多早就想减肥，没想到这次无意中减成功了，他高兴还来不及呢。

吴爸爸的神情始终有点木然，当他听说要搞云聚会的时候，不假思索地拒绝了：我才不去，我要补觉，我昨天晚上没睡好。刘玉成亲自去请：爸爸，实在不好意思，昨天晚上让你受惊了，这个仪式是专门给你压惊、给你道歉的，今天真的是个好日子，姐夫和子书平安无事回来了，子建也活蹦乱跳了，我买的米今天也都送到了，所有的好事都到了位，所有的心愿都已达成，下来跟孩子们一起高兴高兴吧，十四天过去了，孩子都有了些变化，你不下来看看可惜了。当他终于答应出镜的时候，刘玉成显得非常开心，主动要求坐到吴爸爸身边，吴爸爸说：不要，我不跟身上有水腥气的人坐到一起。大家听了都笑，刘玉成也笑着说：我洗了那么久，早就没有水腥气了。

吴爸爸说：你以为是水的水腥气？是水鬼的水腥气，没有鬼气，我怎么会把车开到堰里去？这才真叫晚节不保呢，我开了一辈子车，没丢过这种人。

另外两方的人听不清这边的小声议论，子书以为大家还在讨论他的体重问题，就说：我这不算什么，刚回来那天，姐夫的腰围只有一尺八。

武汉的姐姐笑得前仰后合：你知道你现在像谁吗？爸妈你们看出来了吗？他现在特别像他妈！

一直沉默的吴爸爸漫不经心地对大家解释：老大的妈前年去世了，食道癌，活活饿过去的。

这么一解释，大家都不敢笑了，姐姐依旧在那边笑个不停：我昨天梦见你妈了，她穿一身白衣服，身后像天使一样闪着金光，然后，哈哈哈，你猜她说什么？你猜呀，哈哈哈，姐姐笑得说不成句，只能伸出一根手指，来协助她表达：她说，一个运动员！

大家都有点不明白，但姐夫反应过来了，他想笑，又想憋住，就使劲咬住嘴唇，最终，在姐姐的感染下，他也嘿嘿笑出声了：运动员吗？她这么说的吗？

李莉小声说：姐姐是不是在暗示她怀孕了？

这下大家都懂了，所有人啪啪啪鼓掌，只有姐姐和姐夫没有，掌声渐息的时候，姐姐说：大家误会了，我真的只是做了个这样的梦而已。

刘玉成说：姐姐，这就是兆头，好兆头！

为了这兆头，屏幕上满是酒杯，子书和姐夫的酒和菜是托社区人员送过去的，两人馋得不行，每次巡酒，人家都只喝一小口，他们俩却要趁机老老实实喝一大口。

子书特别喊了声子建：哥！我有很多年没喊你哥了，哥，你还欠我的你记得吗？以前上学的时候，有两个人打我，把我鼻子打流血了，你说你一定帮我打回去，让那两个家伙鼻子都流血，但你后来一直没去帮我打，我还等着你履行承诺呢，我现在也不要你去帮我打人，你就跟那两个家伙联系一下，我知道他们的电话，你记一下。

子建很认真地拿笔记下了：我记得你们后来和解了呀。

不管，你做你该做的。

李莉在秀枝耳边说：这两个人现在是子书的好朋友。

秀枝点头，过后又在李莉耳边说：他这是想让朋友们来帮他舒心解闷呢，这才是亲兄弟！

姐夫把他这十三天里在外面拍的照片重新编辑了一下，第一轮交流过后，姐夫开始播放他的影展，他把它起名为《我见》。

这一次，主要是来自旷野的照片，几乎每张照片都空无人迹，只有一望无垠的农田，大多数并没有播种，只有秋天留下的禾桩；一些鸟在田间寻觅，累了就飞上电线，站成整整齐齐的一排；有人放牛，身后跟着一条大狗，人一脸愁闷，牛和狗却惬意地甩着尾巴；菜园里堆着积雪，绿色的蔬菜从积雪下探出脑袋，无人采摘；大路光洁，泛着黑光，以低洼的身姿无比威严地挺立天地间。城镇里则是另一种景象，所有的店铺都关着门，所有的行人都戴着口罩，许多人在晴天里穿着雨衣，一个老人没有口罩，在嘴上套了个柚子壳，一些戴袖章的人守在路口，阻挡人车通行，一些人在用挖土机挖掘公路，以形成路障，一个孩子把脸压在窗玻璃上打量外面，他的鼻子被压成了八戒鼻。一辆车停在路边，满身泥污，玻璃破败，让人想起它失踪的主人。一个疲惫的男人，站在路边掀起口罩抽烟。一个八九岁的男孩在路边疾走，边走边哭。一个中年男子推着一只空空的轮椅回家，轮椅上搁着一只手杖。一辆救护车停在路边，医生们不敢去救躺在地上的那个人，他是从桥上跳下来的，他们不确定他是否携带病毒。

停下！停下！子建突然喊，能不能退回去？退到那个推轮椅的人那里，好，好，可以放大一点吗？

这不是……这人好像我的老师啊。

圆圆也凑近了看，很显然，她对这个人没什么印象。

姐夫，你能不能把这张照片发给我？

没问题，稍等。

子建接收到姐夫发来的照片后，一共有五张，其中一张，推轮椅的人仰起头来，一脸悲怆地看着前方。刘玉成走到他身边问：真的是你老师？

不确定，但真的有点像。

发给老师确认一下嘛，错了也不要紧，至少表示你记挂着老师。

如果不是他，他会不会生气我发这样的照片给他？

如果是我，我就不生气，说明我的学生心里有我。

子建最终鼓起勇气发出去了，没过多久，就收到了回复，老师先向子建的姐夫致谢，然后表示这真的是极其珍贵的照片，轮椅和手杖的主人是他父亲，推轮椅的人是他生活在黄冈的哥哥，就在昨天，他哥哥也因为疑似感染了新型冠状病毒肺炎住进了医院，现在吉凶未卜。老师说他最大的痛苦在于，因为封城，老父亲死了他都不能回去奔丧，哥哥现在又生命危急，他却困守武汉，帮不上一点忙，没想到素昧平生的姐夫竟能帮他拍到哥哥送走父亲时的照片，他感激得不知说什么才好。子建也如实向老师报告了自己的情况，一大家人困于宜都，姐夫回家不得，被迫在路上漂游了十三天。师生俩感叹不已，子建感觉他跟了老师三年，加起来都没这次通话说的话多。老师最后请求姐夫把他在黄冈拍的照片全都发给他，跟他家人没关系的他也想看看，只要是外面的真实的图片，他都想看看。

子建和姐夫之间的发送还没搞完，老师的电话又打过来了。这一次，子建拿着电话霍地站起身来，去了旁边一间小屋，刘玉成示意大家小点声，自己蹑手蹑脚跟了过去，门半掩着，刘玉成听到子建正在一个劲地感谢，一边感谢一边表态：我会加油的，感谢老师点拨，我不会懈怠的，我会好好利用这段时间的。

子建出来的时候，满面潮红，两眼放光，对迎上来的爸爸小声说：老师说他会想办法帮我渡过论文这一关，他说我的论文没什么大的问题。

刘玉成一脸欢欣地望着他，竟不知说什么才好。他奔回电视机前，高高举起酒杯。

敬姐夫！姐夫，祝你今后拍出更多更好的照片，姐夫，我没看错，你真的是我们这个大家庭的一员福将。我心里很矛盾啊，一方面我希望你快点回武汉跟姐姐团聚，另一方面，我又舍不得你走，真的！

子书用力拍着姐夫的肩：爸你不用担心，我已决定在变电站给他布置一间房，以后他周末就从武汉直接骑车到变电站。

刘玉成又来到吴爸爸面前：现在，我最最对不起的人就是爸爸了，我一定把你的车从堰里捞出来，弄得干干净净的交给你。

我不要了，弄不干净的，有水腥气。吴爸爸像个赌气的孩子，拒绝跟刘玉成对视。

弄不干净我赔，你的车多少钱买的？我先打个借条给你。刘玉成一脸笑眯眯。

我的车你买不起。

我房子卖了赔给你。

我差点淹死了，我这个人你怎么赔?

你要真的淹死了，我也不活了。

那我还是划不来，我吃过多少米其林，你一次也没吃过。

大家都笑起来，笑声中，两个爸爸绷不住了，也先后笑了起来。

吴爸爸一把将刘玉成扒拉开：你别挡住我了，我要跟我的女婿好好喝一杯。来！老大，欢迎凯旋！

姐夫也很激动：爸爸，妈妈，你们放心，姐你也放心，这次无意中的冒险，让我明白一个道理，世界上最最可爱的地方、最最值得我为之奋斗的地方，是我的家。

吴爸爸骂了他一句：废话！这也算道理？这是本能。

姐夫严肃地说：在此之前，我一直觉得，人生的意义在于抵抗这种本能。

刘玉成突然插进来，大声问姐夫：我们要怎么搞，才能把这三方的人都拍进去。

好像也没有更合适的办法，只能让电视机前的人在屏幕下方蹲着，子书和姐夫、姐姐分别以屏幕的形式出现在电视上，来，大家一起说：茄——子!

等下等下！李莉飞奔进屋：我去拿我的拍立得。

李莉充当摄影师，让大家再来一次茄子，再来一次，再来一次……

秀枝拿过刚从相机里吐出来的照片，从中挑出一张，悄悄从热闹中退出来，直奔堂屋。刘玉成也跟过来了，对秀枝说：我知道你要干什么。

秀枝取下相框，拨开后面的弹片，重新调整了一番相片布局，将刚刚拍下的大合影嵌了上去。